お願い離れて、少しだけ。

越智月子
Tsukiko
Ochi

祥伝社

お願い離れて、少しだけ。

目次

装画　水口理恵子
装幀　山影麻奈

娘という字は女に良いと書く。
あたしは、あたしを産んでくれた母の前で良い女でいられるだろうか。
多分、一生かかっても無理。
だって……

一章　花束

1

百合《ゆり》は三つ折りになった水色の便箋《びんせん》を開いた。グレーの罫《けい》線の上に鉛筆で書かれた角張った字が並んでいる。

「お母さん、きょうまでの三十五年間、ありがとうございました。多くの方々に祝福していただきながら、こうしてめでたく結婚式を挙げることができたのも、すべてお母さん、あなたのおかげです」

ＢＧＭはドビュッシーの「月の光」。新婦の朗読に聞き入る招待客たちの姿が頭に浮かんできた。でも、残念ながら、新婦は大学時代からの友達、美咲《みさき》だ。こっちの役目は「母への手紙」の最終チェック。三日前に突然、美咲から連絡があり、「百合は昔から文章書くのが得意だから」と頼み込まれ、断れなかった。

「――お母さんは、わたしが熱を出すたびに、つきっきりで看病をしてくれましたよね。次の日には早く起きて仕事にいかなければならないのに、いつも遅くまでわたしの枕もとにいてくれました。『大丈夫よ、すぐ直るから』と体をさすってくれた、あのときの優しい手の感触はいまでも、忘れられません。お母さん、体が弱かったわたしは本当に迷惑ばかりかけてきました――」

きっとこの辺で、美咲の母親はハンカチで目頭を押さえるだろう。読みながら、だんだん胸苦しくなってきた。この頃、母娘のいい話を見聞きすると、羨ましさと妬みがごっちゃになって息が詰まりそうになる。

手もとに強い視線を感じた。顔をあげると、美咲と目があった。うかがうようにこっちを見ている。

「どうかな?」

「ごめん、あたし読むのが遅くって。もうちょっとだから」

アイスカフェオレをひとくち飲んで便箋に目を落とした。女手ひとつで美咲を育てあげた母親への感謝の思いが切々とつづられている。なにも考えないようにして内容に集中した。

「――お母さん、わたしがきょうという日を迎えられたのも、すべてあなたのおかげです――今までわたしを育ててくれて本当に、本当にありがとう」

ふぅっと息を吐き、美咲を見て、口角をあげた。

「いいんじゃない。すっごく感動的。てにをはもちゃんとしてるし。これならお母さんも絶対喜ぶと思うよ」

「ほんと?」

美咲がほっとしたように笑った。

「うん、あ、でも、これって、読んだあと、お母さんに渡すんだよね。だったら、この『直る』

って字違っている。治療の『治』のほうだよ」

「やだ、ほんとだ。うちのお母さん、教師だから字とか間違うと、すっごい怒るんだよね」

美咲はペンケースからちびた鉛筆を取り出して、「直」という字にマルをつけている。

「あと、最初の、こうしてめでたく結婚式を挙げる――ってとこだけど、自分たちの結婚式に『めでたく』とは言わないんじゃないかな。書くなら『とどこおりなく』とか？」

「たしかにねぇ」

頷《うなず》きながら、美咲は「めでたく」を二重線で消した。

「よかったぁ、百合にチェックしてもらって。さすがプロは違うね」

「えー、プロじゃないよ」

食品会社の広報でプレスリリースを書き続けているだけだ。

「プロっていうなら、美咲のダンナさんのほうでしょ」

「うん、でも、なんか恥ずかしくって。それに彼、編集じゃなくて営業だし。体育会系採用ってやつ？　実はあんまり文章とか書くの好きじゃないみたいなんだよね」

美咲のお相手の正平《しょうへい》は写メで見る限りはなかなかのイケメンだ。中堅出版社に勤める三十六歳。美咲とは四ヶ月前に婚活パーティーで知り合った。

「式まで、あと一週間か。いよいよだね」

「うーん。なんか全然、実感わかないけど」

ウェディングエステ帰りのツヤツヤした肌で美咲は微笑む。

「つきあい始めたのは七月だったから、あたし的には式は来年の夏ぐらいかなぁと思ってたんだよね。四年半つきあって、結婚のけの字も言わなかった男もいたけど、決まるときは、あっという間に決まるねえ」

お見合いパーティーに出ること六回。「ほんとロクなのいないんだから」と諦めモードで出席した会場で美咲が見つけたのは、今どき珍しいくらいのおばあちゃん子だった。「ばあちゃんが完全にボケる前に晴れ姿を見せたい」と急いだおかげで、美咲は三十六歳の誕生日を迎える直前に式を挙げられることになった。

「ねえ、百合もそろそろじゃない」

美咲が身を乗り出してくる。

「うーん、でも、圭《けい》くんのまわり、独身ばっかだから。圭くんもまだ全然その気ないみたいだし。だいたい二つ上のお兄さんもまだ結婚してないし」

コップに浮いている氷をストローで沈めながら言った。

「えー、二年近くもつきあえば、もうじゅうぶんでしょ。お兄ちゃんが云々《うんぬん》とか言ってる場合じゃないって。このまま長すぎた春になったらどうする気？　三十六過ぎていい男見つけるのって、年末ジャンボで一等に当たるくらい確率低いんだから。圭くんは絶対に逃がしちゃダメ。今のうちから、かるーくプレッシャーとかかけたほうがいいって」

黙って氷を沈める。沈めても沈めても、氷は浮かびあがってくる。なんだかなぁ。結婚が決まってからというもの、美咲は上から目線で恋愛アドバイスをしてくるようになった。

「圭くんって小田原《おだわら》で新薬の研究してるんだっけ？」

「そうだよ」

軽く頷くと、美咲が目を見開いた。

「人気の理系男子じゃない。研究職だとお給料もよさそうだし。大学も職場も女っ気なしなんて、ほんと狙い目。そういえば、この前、比呂美《ひろみ》と真由子《まゆこ》が言ってたよ。圭くんの友達、紹介してほしいって。百合もほんと好物件、見つけたよね」

「そうでもないって、圭くん、忙しすぎて、なかなか会えないし。小田原って、うちから二時間半でハンパなく遠いし」

「とかなんとか言っちゃって。次に会ったら、来月結婚します宣言とかしそうだけど」

「だからぁ、結婚はまだまだ先だって」

理系男子は、研究、研究で忙しいのだ。そう自分に言い聞かせるしかない。

これ以上、話しても無駄と思ったのか、美咲は話を自分の式に戻した。

「――でね、ここだけの話、メッセージカード書くのが結構、大変で。百合とか真由子とか、友達に書く分はいいんだけど、おつきあいで呼ぶ人がねぇ。なにを書いていいのかさっぱり……。だって――」

愚痴《ぐち》にもならない話にテキトーに相槌《あいづち》を打ちながら、自分のウェディングドレス姿を想像してみる。イメージングってやつだ。たとえ実現不可能に思われることでも、細かくイメージすることを繰り返していけば、必ず現実のものになる。この前、読んだ『誰よりも幸せをつかむ引き寄せ力』にそう書いてあった。

オフホワイトのウェディングドレスを着てスポットライトを浴びているあたしの傍らに圭くんがいる。細身の体にシルバーのタキシードがよく似合っている。「幸せになろうね」。黒眼鏡の奥の、すっきりとした目が微笑みかける。人生最良の日。

……ちょっと、待ってよ。いつの間にか、あたしと圭くんの間に、シャンパンゴールドのドレスを着た母が立って、ねっとりと笑っている。もう、なんであたしの空想の世界にまで割り込んでくるの？　いつもいいところで邪魔するんだから。

美咲の手もとにある水色の便箋を見つめた。ここにきて、母のことを重いと感じることが増えた。あの人に感謝の手紙を朗読しているところなんて、どうやっても想像できない。

2

エレベーターは「8」という番号を赤く表示したまま止まっている。番号の下に灯る三角ボタンを押した。ガタンという音がして箱が降りてくる。築三十年のこのマンションはなにもかもゆっくりしている。エレベーターまで年寄りみたいだ。

誰も乗っていませんように。ただでさえ結婚式の帰りには、顔見知りに会いたくないのに、この服だし……。母が今朝、押しつけてきたピンクベージュのコートを着ているところを見られたくなかった。モフモフとしたファーの襟とポケットについた大きなリボン、乙女すぎるデザインは三十六の地黒のあたしには全然似合わない。ああ、早く脱ぎたい。扉が開いた。小太りのおばさんが立っていた。８１４号室の丸川《まるかわ》さんだ。なんできょうに限って。わざわざ裏口から入り、あまり使われない北側のエレベーターに乗ったのに。

「あら、こんにちは」

上から下まで舐《な》めるような服装チェック。お願い、見ないでよ。腫《は》れぼったい目が左手に持っているふたつの紙袋をとらえた。

「結婚式？」

「ええ、友達の」

丸川さんはなにかまだ言いたげだ。

気づかぬふりをして入れ違いにエレベーターに乗り込んだ。

「じゃあ、どうも」

すばやく行先ボタンを押し、笑顔で会釈した。3、4、5……。増えていく数字に集中した。自意識過剰なのはわかっている。でも、さっきのあの目。「あらま、似合わないコート着ちゃって。また友達に先を越されちゃったわね。可哀想に」とあたしを憐《あわ》れんでいた。

エレベーターが8階で止まった。右に折れてつきあたりの部屋まで行く。バッグから鍵を取り出し、ドアに差し込み、家にあがった。短い廊下を渡ってリビングのドアを開ける。

「ただいま」

部屋はむっとするほど暖かい。

「おかえり」

ソファに座って新聞を広げている母は片手にボールペンを持っている。

「ねぇ、『トーナメントの○○○が発表された』。ここに入る三文字ってなんだと思う？　真ん中の字は『ロ』が入るはずなんだけど。『ゴルフでは左曲がりの打球です』って、不親切なヒントねぇ、これじゃ全然わからない」

「ドローじゃない」

「ドロー？　ああ、言われてみればそうね。さすが百合ちゃん、物知りね」

母は背を丸め、新聞のクロスワードパズルの空欄を埋めた。「わかった。ここが『ド』ってことは、こっちに入るのは『ドーベルマン』ね」。嬉《うれ》しそうにもうひとつの空欄を埋めたところで顔をあげた。

「それにしても、ずいぶん遅かったのね。披露宴十二時からでしょ。もう六時近いわよ」

壁の時計を見ながら不満げに言う。

「披露宴のあと、真由子たちとちょっとだけお茶してきたの」

「真由子たちって?」

切れ長の大きな目が探るようにこっちを見る。

「だから、真由子と比呂美だって」

「なんだ、また売れ残りバーゲン三人組か」

母の薄い唇が笑った。からかっているつもりなんだろうけど、全然シャレになってない。

乙女コートを脱いで、母の隣に腰をおろした。朝、家を出るときにはなかった大輪のカサブランカがコーヒーテーブルの真ん中で甘く強い匂いを放っている。送り主は小田原にいる父だ。定年はとうに過ぎているけれど、製薬会社の研究所でシニアアドバイザーとして働いている。

母は昔から百合の花が大好きだった。美しく清らかで、そのうえ華がある。母のことを好きだった男子校の生徒にも「多美子《たみこ》さんは百合のような人ですね」と言われた。

それって『野菊の墓』に出てくるセリフ、「民《たみ》さんは野菊のような人ですね」のパクリだと思うけど、無邪気な母は感動した。将来、自分の分身である娘が生まれたら、絶対に百合という名前をつけようと十六歳の春には決めていた。

百合のように色白の子供が欲しかったくせに二十四歳の母が見合い結婚したのはベースボール型の顔をした色黒の男だった。女の子は父親に似ることが多いという説は知らなかったのか。生まれてきたのは、肌だけじゃなく、ぎょろりとした目とダンゴ鼻まで父親譲りの、百合の清らかさとは無縁のあたしだった。

「百合じゃなくて黒百合にしようかと思ったわ。しかも、あなたパパそっくりで半魚人みたいなんだもん」

これも嫌というほど聞かされた。

半魚人みたいな父が家に戻ってくれるのは盆暮れ正月だけ。母の誕生日にお義理のように百合の花を送ってくるほかは、ほとんど音沙汰がない。単身赴任に名を借りた別居はもう十年以上続いている。

「今年の花もきれいだね」

「そうかしら。去年より小ぶりよ。ラッピングもいまひとつだったし。パパのことだから、どうせネットで適当な花屋に頼んだんでしょうけど」

母は母で毎年、不満げだ。

「あたしからはこれ。ケーキは帰りに新宿の高島屋に寄って買ってきたの」

袋から箱を取り出した。中にはフェルナン・クノップフをイメージしたヒョウ柄の生地のケーキが入っている。デパ地下を歩いていて見つけたとき、「今年はこれで決まり」と思った。母は百合の花と同じくらいフェルナン・クノップフの絵が好きだった。彼の絵に繰り返しモデルとして登場する妹に似ているからだ。切れ長の目にすっと通った鼻筋、少し長めの顎《あご》。画家のミューズの髪を黒くするとたしかに母の顔になる。「HAPPY　BIRTHDAY　多美子！」ホワイトチョコのプレートには母の名前も入れてもらった。これを見れば母もきっと笑顔になるはずだ。

「早く開けてみて、このケーキ、珍しいでしょ。これって、クノップフの絵にちなんで作られたケーキなんだって」

母は膝を抱えるようにして、十センチ四方の箱を開ける。

「まあ、ステキ！」

花が咲いたような笑顔が見られると思っていた。でも、母の口角は一ミリもあがらない。

「クノップフっていうより、派手好きな関西のおばちゃんが好きそうなケーキね」

薄い唇がへの字に曲がった。

「いいじゃない。ちょっとぐらい派手でも。せっかくのお誕生日なんだし」

母の横顔を見た。この頃、頰《ほお》の肉がこけてきた。肌もちょっとたるんできた。母もきょうで六十二歳になった。でも、精神年齢は十五、六歳の小娘のままだ。

「あら、せっかくのあたしのお誕生日に遅く帰ってきたのはどなたかしら」

世界はいつだって母を中心にまわっている。喉《のど》もとまで出かかった怒りの言葉を飲み込んでから言った。

「だって、美咲の結婚式だったし」

「結婚式に行くのが悪いなんて誰も言ってやしないわ。ママが言いたいのはね、結婚式のあとのこと。ママが家であなたを待っているってわかってるくせに、わざわざ寄り道してこなくてもいいじゃない……」

ものの二十分、お茶をしただけで、二時間も三時間も待たせたような口ぶりで責めてくる。ふだんは「百合ちゃん、百合ちゃん」とすり寄ってくるのに、あたしがちょっとでも別行動をとると機嫌が悪くなる。三十六にもなって「きょうはママの誕生日だから早く帰らなきゃ」なんて、みっともなくて言えやしない。わざわざ圭くんとのデートまででっちあげて二次会を断ってきたのに。その娘の苦労を少しもわかってくれない。

ママはあたしの彼氏じゃないんだから。どんだけあたしを束縛したら気がすむの？　あたししか威張り散らせる相手がいないからって調子のんないでよ！　なんて言えたら、すっきりするだろうけど、絶対に言えない。ここであたしがキレたら何十倍にもなって返ってくる。

「どうしてそんな生意気な口を利くの？　ひとりじゃなんにもできないくせに」

「誰のおかげでここまで大きくなれたと思ってんの？」

散々文句を言ったあとは、三十年以上前のことを持ち出して、きまって涙を流す。

「清香《きよか》ちゃんがちゃんと生まれていたら、こんな辛い思いはしなくてすんだのに」

清香はあたしが三つのときに生まれてくるはずだった。当時のことはほとんど覚えていない。でも、繰り返し聞かされてきた。母は妊娠したとわかった瞬間、「絶対に女の子だ」と確信して、清香と名付けた。なのに清香は六ヶ月に入ったところで、母の胎内で心音が止まった。産声をあげずにかき出されたときは、すでに人の形をしていた。顔立ちもはっきりしていて、色白だった。そして母はいつも同じ言葉で話を締める。「きっと性格もパパや百合ちゃんと違って優しかったに違いないわ」。

生まれて来なかった妹に情がないわけではない。お腹の中で成長していた我が子を突然喪《うしな》った母の悲しみも理解できなくはない。

でも、事あるごとに比較され、泣きわめかれるのはごめんだ。

「わかったわ。あたしが悪かったわ。そうだ、これ」

バッグから「MEMORIES」と題されたDVDを出して、母の前に差し出した。

「あら、もうできたの?」

雲間から光が差したみたいに母が笑った。

「百合ちゃん、一緒に見ましょうよ」

いそいそと腰をあげて、DVDをプレイヤーに入れると、リモコンを持った。中身はもう見飽きるほど見せられてきた。福岡の短大を卒業して、地元の会計事務所で働いていた母が、顧客の紹介で出演した「靴のモトムラ」のローカルCMだ。

どこで撮影したのか、二十二歳の母はベージュのシャツワンピースにパリのカフェ風のテラスでコーヒーを飲んでいる。当時は著作権も緩かったんだろう。流れる曲はフランク・シナトラの「マイ・ウェイ」。通りがかりの金髪の男が微笑みかけるけど、母は目もくれない。物憂げに長い髪を搔《か》きあげる。白地に金文字でMOTOMURAと書かれた紙袋と赤いハイヒールがアップになったところで、バリトンボイスで「あなたの足を彩る靴のモトムラ」とナレーションが入る。

擦り切れるほど見て劣化したビデオテープを、店に頼んでＤＶＤに焼いてもらった。ＣＭだけだと、一分にも満たないので、短大時代、雑誌の街角スナップ天神《てんじん》編に載ったときの写真と地もとの大きな写真館の店先に飾られていた成人式の振袖写真もあわせて焼いてもらった。二十代の母の栄光。たしかに若い頃の母はうっとりするほどきれいだ。小学校の低学年の頃、母と手をつないで歩いていると、自分まで美人になったような気がした。「あたしもママみたいになりたい」と髪型やしぐさを必死で真似たこともあった。

でも、今はもう……。還暦を過ぎても昔と同じ、「自分大好き」な母を見ていると哀しくなる。お願いだから、もっとちゃんと年を重ねてよ。

「ちょっとだけ待ってて」

「ママ置いて、どこ行くのよ」

「着替えてくるだけだから」

そっと腰をあげた。この部屋は暑い。淀《よど》んだ空気にカサブランカの濃く重たい匂いがまとわりついている。一刻も早くここを出たかった。

3

昼さがりの店内は中高年の、いかにもお金がありそうな女たちで埋まっていた。マリー・アントワネットの宮殿をイメージしたという内装は淡いブルーとグリーンが基調になっている。窓際の丸テーブルからは銀座の街が見おろせる。中央通りは歩行者天国で賑《にぎ》わっていた。十一月の終わりだというのに、クリスマスツリーやポインセチアを飾っている店も多い。

ツンと澄ました顔で座っていた母はマカロンに容赦なくナイフを入れる。鶯《うぐいす》色の生地がひび割れて、粘り気あるクリームがぬるりとはみ出した。

「あら、やだ」

母は眉間《みけん》にシワを寄せ、崩れたカケラをつまんで口に入れた。気取らずに最初から手で食べればいいのに。心の中で呟《つぶや》き、ティーカップを傾ける。

「でも、美味しいわ。ピスタチオの風味がきつすぎなくて。お紅茶もいい香り。このお店、優雅で上品でほんと、あたしのために作られた空間ね」

ナプキンで手についたクリームをふき取ると、母は小指を立ててティーカップのハンドルを持ち、紅茶を飲んだ。

「デパート中歩きまわってクタクタだから、こうしてると癒されるわ」

母はふぅーと息を吐く。買い物につきあわされて疲れているのはこっちのほうなのに……。

二時間二十三分――。母の買い物にかかった時間だ。あれでもない、これでもないと、キレイに畳んであるストールを引っ張り出しては、鏡の前でシナを作る。あたしは侍女のように母が放ったストールを畳んで元に戻していった。見かねた店員が「お客さま、こちらでやりますから」と横から手を出すと、母は首を横に振って言った。「いいのよ、この子、慣れてるから」。マリー・アントワネットもびっくりの女王様っぷり。

一階の小物売り場と四階の婦人服売り場を三往復して、ようやく母が選んだのは淡いブルーのカシミアストールだった。二万五千四百円。会計をすませると「ありがと」と当然のように袋を受け取った。

まったく……。

フランボワーズのマカロンをちぎって口に入れた。

「やーね、いくらなんでも『ご姉妹』ってことはないわよねえ」

突然母が思い出し笑いをした。

「間違われるの、これで何度目かしらね」

さっきストールを買った店で、母が「きょうのスポンサーは娘。お誕生日のプレゼントなのよ」と微笑んで見せると、四十ぐらいの店員は大袈裟《おおげさ》に目を丸くして言った。

「まぁ、こちらの方、お嬢様だったんですかぁ。奥さま、お若いから、てっきりおふたりはご姉妹かと思っておりました」

冗談にもほどがある。三十歳近く年の離れたおばさんの妹って、あたしのこといくつだと思ってんのよ。

「ご姉妹ってのは、やめてほしいわよね。せめて友達。だって、わたしたち少しも似てないじゃない。黒子さんと白子さんだしねぇ……」

母はほんの少し口角をあげて、いつもの決め顔を作った。またか。この笑顔を向けられると、シンデレラに出てくるお妃《きさき》様の鏡になった気分になる。鏡よ、鏡よ、鏡さん、この世でいちばん美しいのは誰？

「そうね、ママのほうが全然キレイだもんね」

母は満足げに頷いている。二週に一度、欠かさずヘナカラーで染めている髪はナチュラルブラウンに輝いている。ファンデーションを丹念に塗り込んで白さを増した肌はシワはあってもシミはない。昨日、六十二歳になった母はたしかに実年齢よりは若く見える。「きれいな奥さん」「若くてステキなお母さん」。引き立て役の夫と娘のおかげで母はずっと褒められてきた。そして、褒められるたびに傲慢《ごうまん》になっていった。

銀のティーポットに映っているベースボール型の顔は目も鼻も口も不作法に大きい。目の前の母とはまったく似ていない。なのに、なんでこんなキラキラした服を着せられるんだろ。襟もとに大きなビジューがあしらわれたベビーブルーのニット。色黒のあたしにはまったく似合わないのに、母は「絶対これを着て」と押しつけてくる。嫌だと言うと「ママのセンスが信じられないの」と逆ギレする。着せ替え人形にするには、あたしはあまりにもかわいくない。おまけにトウもたっている。

ティーポットから目を離し、見るともなしに、窓の下に目をやった。体をぴたりと密着させたカップル、互いを軽く小突きながら楽しそうに笑う若い女のふたり連れ、母親に手をひかれスキップしている小さな男の子。街を行き交う人たちは誰も彼も楽しそうだ。

あの人……。

思わず身を乗り出した。銀座四丁目の交番の前に男がいる。ダークブルーのダウンジャケットと黒眼鏡。街行く人たちより頭ひとつ背が高い、そしてあの猫背。

間違いない、淳《じゅん》くんだ。隣にキャメルのダッフルコートを着た女がいる。赤い手袋が大きくせり出した腹を撫《な》でている。

……淳くん、結婚したんだ。

「あら」

母が窓ガラスに顔を近づけて目を細めた。

「あそこにいるの、淳くんよね」

向こうから見えるはずもないのに、母は人差し指の関節でトントンと窓ガラスを叩《たた》く。窓の下のふたりはなにやら頷きあって、有楽町《ゆうらくちょう》方面に歩いていく。淳くんの後ろ姿が百合の視界から消えてゆく。

三年前のあの日も淳くんは銀座四丁目の交差点で立ち止まった。

「俺、こっちだから」

淳くんはダークブルーのダウンジャケットのポケットから右手を出した。小麦色の筋張った指が有楽町方面をさした。

「あ、うん」

冷たい風が頬を刺した。微笑まなきゃ。ここで仏頂面するのはマイナスだ。笑顔を作って頷くと、淳くんは体の向きを変えた。

「じゃ、また連絡するし」

「うん、待っている」

あの……。喉もとまで出かかった言葉を飲み込んで手を振った。頭の中で何度も予行演習した言葉が巡っている。

「あたしたちって、つきあってるんですよね。今の、こういう関係……、あたし、淳くんの『彼女』だって思っても、いいのかな」

また言えなかった。真由子が開いた飲み会で知り合って半年。ふたりで会い始めて十回目。うちセックスは二回。これってつきあってるってことだよね？

淳くんはこれから高校の友達に会うのだと言った。でも、だったら、彼女として紹介してくれてもいいんじゃない？　もう三十二歳だ。いつまでも「友達以上彼女未満」の関係に甘んじていたら前には進めない。向かいのビルの時計は五時をさしていた。夜はこれからなのに……。足早に横断歩道を渡った。

家に戻ると、母は夕食を作って待っていた。

「あら、やっぱり淳くんの友達に紹介してもらえなかったんだ」

ちょっと待ってよ、なんでそれ知ってんの。コートも脱がずに問いただした。

「だって、淳くんがメールしてきたじゃない。きょうは友達に会うって」

またか……。目の前が真っ暗になった。大学二年のときにも、母はつきあう一歩手前だった男とのメールを盗み見て勝手に受信拒否にした。「なに、あのメールの内容は？　男のくせに絵文字だらけ。マジとか、だっちゅうのとか頭悪そう。あんな子、百合ちゃんにはふさわしくないわ。つきあっちゃダメ」。あのときは母の言う通りだと思って諦めた。でも、もう昔のあたしじゃない。

「今度、淳くんを家に連れてらっしゃいよ。ミートローフがいい？　それともパエリア？　ママ、なんか作ってあげるわ」

「嫌よ。だいたい、なんの権利があって、あたしのメール、勝手に見るのよ？　いくらママでもやっていいことと悪いことがあるわ」

怒りが声に滲《にじ》み出た。母の顔からすっと笑顔が消えた。

「なに言ってんの？　百合ちゃんはママの大事なひとり娘なのよ。あなたのことは全部、把握しておかなきゃ。こういうことはね、ケジメをつけなきゃいけないの。ちゃんとママに紹介しなさい。そうじゃないと、心配で心配で……」

続きは言わなくてもわかっている。

「ママは清香ちゃんを流産してから百合ちゃんの幸せだけを考えて生きてきたの。あなたには絶対、幸せになってほしいのよ。なのに、あなたはいつも期待を裏切ってばかり。あたしはなんのために、あなたを産んだのかしら。……百合ちゃん、あなた自分でも、わかってるはずよ。あなたがひとりで選ぶとロクなことないじゃない。受験のときだってそう。ママはムリだって言ったのに勝手に願書を出して、失敗して、受かったのは二流の私立。会社に入るときだって、ママがおじいちゃんに頼んであげなきゃ、どこにも入れなかったくせに」

「でも、だからって、人の携帯、勝手に見ていいことにはならないでしょ」

「なるわよ。あなたみたいな出来損ない、ひとりじゃなんにも決められないくせに……」

出来損ない――ピアノ教室の発表会で失敗したときも、国立の女子大に落ちたときも、就活で第一志望の会社の内定をもらえなかったときも母は同じ言葉で否定してきた。出来損ない――この言葉を聞くたびに、母に対する憤りや苛立《いらだ》ちや反発が萎《な》えていく。

「わかったわよ。わかったから、もうやめて。今度、淳くんを家に連れてくるから」

宥《なだ》めるように母に言った。


窓の下は相変わらず歩行者天国を行き交う人で賑わっている。母はさっきまで淳くんがいた交番の前を見おろしながら、感慨深げに頷いた。

「すごい偶然ね。こんな場所から、淳くんを見つけ出すなんて。隣にいたの、あれ奥さんよね。お腹大きかったもの」

ここで話題を変えてくれるような母ではない。

「どうしたの？　急にどんよりしちゃって」

母が顔をのぞき込んできた。

「淳くんがああやって奥さんと歩いているところを見ちゃうと、逃がした魚は大きいって落ち込んじゃう？」

あれから三年も経ったのだ。もうすっかり立ち直ったと思っていた。でも、母の言葉のひとつひとつが胸を刺す。

「別に、そんなんじゃ……」

母の白い手が伸びてきて、あたしの手を握る。

「いいのよ、それ以上言わなくても。大丈夫、ママはちゃんとわかってるから」

あたしの本当の気持ちなんてわかってないくせに。これっぽちもわかってないくせに母は訳知り顔で微笑む。

「たしかになかなかいい子だったわよね。背も高いし、立教《りつきょう》出てるし。昔でいう三高ってやつ。おうちも会社を経営してたしね。顔は……いまいちママの好みじゃなかったけど、今ってあぁいう、男だか女だかわからないようなタイプが人気あるんでしょ。でもまぁ、今さらどうのこうの言っても、覆水盆《ふくすいぼん》に返らず。ご縁がなかったのよ」

紅茶を飲むふりをして母の手をそっと振りほどいた。どの口が、覆水盆に返らずなんて言うの？　思い切り盆をひっくり返したのは誰？

あの日、淳くんと母が会うのは三度目だった。いいワインが手に入ったからと、淳くんを家に招いた母は得意のミートローフをふるまった。食後、リビングのソファに座ってお茶を飲んでいると、母は思いついたようにクッションの下から四つ折りにしたチラシを取り出した。

「まだ、早いかなとも思うんだけど、善は急げって言うでしょ」

嫌な予感がした。母はコーヒーテーブルの上にチラシを広げた。緑に囲まれたこじゃれたマンションの完成図の下に間取りが三つ並んでいる。

「このマンション、あなたたちにぴったりだと思って。施工会社もしっかりしてるし。このAタイプなんてどう？　三LDK七十二平米でこの値段なら悪くないわ。うちから歩いて四、五分。

スープの冷めない理想的な距離だし、ここからだと淳くんの通勤にも便利でしょ」

戸惑う淳くんを尻目に母は続けた。

「頭金、大変だったら援助してもいいと思ってるのよ。マンションの完成は再来年の春だから、できあがるまでここで暮らしてもいいし」

淳くんの横顔は怖くて見られなかった。わずかな間があった。なにかひとこと言わなければ失礼と思ったのか。「はあ」という否定とも肯定ともつかぬ低い声が返ってきた。

淳くんに話があると言われ、行きつけのカフェに行ったのは、一週間後のことだった。ブレンドコーヒーのカップに目を落としたまま淳くんは切り出した。

「百合のこと、別に嫌いってわけじゃないんだけど。俺、まだ自分のことでいっぱいいっぱいで。結婚とか全然、考えてない、てか考えられないし。先のこと、あんまり期待されても……」

淳くんはぺこりと頭をさげ、自分の膝頭を見ながら言った。

「悪い、はっきり言っちゃうと重いんだ。母娘で、ダブルで来られちゃうと」

「ごめん、あたし、そういうつもりなかったんだけど……」

うちのお母さんが——と続けようとして言葉を飲み込んだ。あたしったら……。

もうこれ以上あたしに構わないでくれと母のことを疎《うと》ましく思っていたはずなのに、どこかで母に期待していた。淳くんにプレッシャーをかけてもらい、外堀を埋めてもらえれば……。心の底でそう願っていた。

ダブルで重い母娘――。淳くんの言う通り。最悪だ。

家に帰って淳くんと別れたと伝えた。

「あらま、フラれちゃったの。あの人、たいして出世しそうもなかったし。いいんじゃない。別れて大正解よ。ねぇ、それよりスコーン焼いたの、早く食べましょ」

一緒に悲しんでくれると思っていた母はけろりとした顔で言った。


母はあのとき、出来損ないの娘を淳くんとくっつけたかったのか。それとも引き離したかったのか。どっちにしろ、母は自分のことしか考えていなかった。

今も同じ。「百合ちゃんのためよ」と言いながら、自分が孤独にならない方法だけを探している。考えてみれば、あの頃から「大好きなママ」を重たいと感じるようになってきた。母といると、あたしはいつまでも自分の人生を生きられないかもしれない。

黙ってティーポットを傾けた。飴《あめ》色の液体がカップを満たしていく。

「やーね、そんな浮かない顔して。お婿《むこ》さんなら、ママがいい人、見つけてきてあげるから。それよりママ、ショールにあわせてバッグも見たいわ」

反射的に頷いていた。どこまでこの人のお供を続けなければいけないのだろうか。窓の下では、みんな本当に楽しそうだ。あたしの日曜日だけがむなしく過ぎてゆく。カップに残った紅茶を飲んだ。

「ねぇ、百合ちゃんの奢《おご》りでいいわね。ここまでが、今年の誕生日プレゼントってことで」
母はバッグからコンパクトを取り出し、化粧直しを始めた。鏡の中の自分に向かって、優しい笑みを浮かべている。

4

キーンと線路を削るような音が車内に響いた。土曜の午後の地下鉄は空いている。扉に近い端っこの席に座り、新書のページをめくった。
『消えてください！　お母さん』。さっき立ち寄った本屋の入り口で山積みにされていた。「今すぐ、いい娘を演じるのをやめなさい！――気鋭の精神科医が悩める娘たちへ贈る救済の書」と書かれた帯には、ピンクのスーツを着たおかっぱの女がにっこりと笑っていた。上条《かみじよう》眞理子《まりこ》という著者は知らなかったけれど、手に取ってレジに直行した。駅のトイレで外側のカバーを裏返して、他の乗客にタイトルは見えないようにしてある。

「母からの支配の度合いがわかる」チェックリスト
□休みの日も母と外出することが多い
□自分がしたいことより相手が自分にしてほしいと思うことを優先してしまう

□相手に同意しないと嫌われるような気がする
□頼みもしないのに母は勝手にあなたの洋服を買ってくる
□自分は永遠に母を超えられないと思う
□家では父よりも母の方に発言権がある
□母に友人関係をすべて把握されている
□母にLINEやメールをチェックされたことがある
□母は専業主婦だ
□母は友達が少ない
□「〇〇したのは、あなたのため」と母はすぐに恩をきせる
□「だって心配なのよ。あなたは◯◯だから」が母の口癖だ
□父と母は会話が少ない
□母の機嫌が悪くなると、落ち着かなくなる
□母は機嫌がいいときと悪いときの差が激しい

頭の中で、空欄に✓マークを入れていく。嫌になるくらい、どれもあてはまる。十五項目中、十三。ほぼ該当していた。次のページをめくると、診断結果があった。思った通り、いちばん重症なA「ハイパーコントロールで窒息死寸前の状態」だ。

「このタイプの母親はとにかく過干渉です。本人に悪気はないけれど、娘のすべてを支配せずにはいられません。娘の身につけるものや読むもの食べるもの、日常のすべてをことごとく管理して、娘の人間関係、就職はもちろん、恋愛や結婚生活、出産と孫育てにまでも干渉し、自分の思い通りにしようとします。

感情の起伏の激しさもこのタイプの特徴です。娘が従順で、自分の期待に応えているうちは、とても機嫌がよく優しいのですが、少しでも意に沿わないことをすると一変。ムチ打つように厳しい言葉で責め、娘に罪悪感を植えつけます。『どうしてあなたはお母さんの期待を裏切ってばかりなの？』『あなたなんて、ひとりじゃなんにもできないくせに』。母親から浴びせられるこれら否定の言葉は呪《のろ》いとなって、娘を延々と縛り付けるのです。

言葉の持つ呪いの力というのは、とても恐ろしいもの。否定され続けることで、娘はネガティブなセルフイメージを刷り込まれ、自分はダメな人間で母親の手助けがないとやっていけないのだと信じ込み、気がつけば、その顔色ばかりをうかがってしまう。『支配——被支配』の構図のできあがりです。娘は、この呪詛《じゅそ》という名の母親の支配から、なかなか抜け出せません。でも、それでは前へ進めません。今すぐ、いい娘をやめて、この支配の鎖を断ち切りましょう。そうでないと——」

最寄駅までは、まだ二駅ある。

でも、これ以上、読みたくない。ここに書かれているのは、そのまんま母とあたし。あまりに核心を突きすぎていて、きつい。母の支配から抜け出せない自分が晒《さら》し物になったみたいで、いたたまれなくなってしまう。

もう無理。本を閉じ、バッグの奥底へしまった。

駅の階段をのぼって地上へ出た。その瞬間、冷たい風が吹きつけてきた。幾重にも巻きつけたストールを顎のあたりまで引きあげていると、頰に冷たい小さな塊が当たった。目を凝《こ》らすと灰色の雲間から粉雪が舞い降りてくる。道理で寒いはずだ。イルミネーションと定番ソングで沸き立つ小さな商店街を足早に抜けて通りに出る。クリスマスまであと十日。苦手な季節がまた廻《めぐ》ってきた。

街は浮かれている。なんで、あたしだけ、こんな惨めな思いをしなきゃいけないんだろう。比呂美と恵比寿《えびす》でランチを食べると言って家を出てきたけれど、そんなの出鱈目《でたらめ》だ。そうやって予定を作らなければ、一日中、母の相手をさせられる。

ハイパーコントロール。さっき読んだ診断結果が頭から離れない。このままじゃ、あたしは自分の人生を生きられない。圭くん、あたし、ママにハイパーコントロールされて、窒息死寸前なんだって。いったい、どうすればいいの？　バッグの底に潜ませた新書を読み進めれば、解決策は出てくると思う？　でも、あんなの辛くて読めない。こんなんだから、いつまでたってもダメなのかな。ねぇ、圭くん、聞いている？

圭くんの本名は町田《まちだ》圭太。国立市《くにたち》出身。二歳離れた兄がいる。身長182㎝、O型、てんびん座。東工大の大学院卒。大手製薬会社の小田原にある研究所に勤務。淳くんの分身のようなメガネ男子。趣味はギターでゆるーいおしゃれバンドをやっている。明朗快活。人格だってちゃんとあって、定期的に夢にも出てきてくれる。一緒に美術館や映画に行って、帰りはふたりの共通の好物、担々麵を食べて、あれこれお喋《しゃべ》りし、セックスもする。

圭くんを創り出したのは母に淳くんとの仲を潰されてからだ。会社の同僚や友達の手前、彼氏いない歴を更新していくのが恥ずかしいという理由だけじゃない。心の中だけでつきあっていれば、母に絶対に邪魔されないから。

ああ、きょうあたり、圭くんと夢で逢えたらいいのに……。逢っていろいろ聞いてもらいたい。でも、圭くんとはここにきて音信不通だ。夢の中の恋にも賞味期限はあるのだろうか。少し前までは「会いたい」と思えば、すぐ出てきてくれたのに。

信号を渡り終え、ドラッグストアの先の角を曲がろうとしたときだった。向こうから黒いダウンジャケットを着た初老の男がやってきた。

「パパ」

父は「おぅ」とだけ言った。

会うのは半年ぶりだっけ？　後退した生え際に白いものが目立つ。

「来てたんだ」

「あぁ、昼過ぎに」

久しぶりにひとり娘に会っても、笑顔ひとつ見せやしない。それどころか、きまり悪そうに視線を宙に泳がせている。

もともと会話がはずむ父と娘ではなかった。たまに話しかけても、返ってくるのは「あぁ」か「いいや」。それ以上は続かない。

「無口にもほどがあるわ」

母が父について話すときはきまって愚痴ばかり。話し甲斐《がい》も、怒り甲斐も、頼り甲斐もない。ひと言、文句を言えば、うーんと押し潰されたような声を出して肩をすぼめる。隙あらば、新聞とビールと柿の種を持って自分の書斎に引きこもる。「あんな人いてもいなくても一緒」――そう言われても仕方ない父だった。

「もう小田原に戻るの？」

まだ早いから、家に戻ってお菓子でも食べない？　と続けようとしたところで父は銀色のキャリーバッグのハンドルを握り直した。こんな大きなの、持っていたんだ。

「すごい、荷物だね」

いつもは着の身着のままで来るくせに、年末にひとりで海外にでも行くんだろうか。

「冬用の喪服とか、いろいろあるから」

「喪服って、急に必要になったの？」

「まぁ、な」

父の肩に雪が舞い降りてすっと消えていった。わずかな沈黙のあと、父は「百合ちゃん」と言った。

「なに？」

名前を、しかも「ちゃん」づけで呼ばれるなんてめったにない。

「あ、いや、スマン」

うかがうような目が向けられた。広くなった額に二本、深いシワが寄っている。それがどんな感情を意味するものなのか、父から遠すぎてわからない。

「なんなの？」

「いや、なんでもない」

父は「じゃあな」と片手を中途半端に胸のあたりまで上げ、キャリーバッグを引いて歩き出した。アスファルトの上を車輪がガラガラ音を立てて滑っていく。しばらく後ろ姿を見ていた。父は振り返らない。その気配すらない。ただ、とぼとぼ歩いていく。久しぶりに見る背中は思っていたよりもずっと小さかった。


「ただいま」

家に戻ると母がリビングのソファに座り、ぼんやりしていた。

「あぁ、百合ちゃん」

「さっき、そこでパパに会ったけど」

コーヒーテーブルの上には、カサブランカの花束が置かれていた。脇には小鹿田《おんた》焼きのマグカップがふたつ。皿に切り分けてあるバウムクーヘンは手をつけられず、表面が乾いている。美咲の結婚式で貰《もら》った引出物だ。

「花、パパが持ってきたの？」

壁にかかった時計は四時半を指している。昼過ぎに父はここに来たと言っていたのに、花は花瓶に生けずに放置されたまま。

「お誕生日に続いて、ずい分、気前いいわね」

「どこが？」

声に棘《とげ》がある。

「バカのひとつ覚えみたい。百合の花渡せば、ママの機嫌がよくなるとでも思ってんのかしら。こういう単細胞なところがずっと嫌だったのよ」

トートバッグの中から紙袋を出し、ダイニングテーブルの上に置いた。

「お土産。たねやのどらやきだよ。パパに戻って一緒に食べない？　って言おうとしたけど、なんだか急いでたみたい」

「あの人、敵前逃亡兵みたいな顔してたでしょ」

母は口の端をゆがめた。この様子だと、夫婦喧嘩でもしたのだろう。といっても母が一方的にまくしたてるだけだけど。

「さぁ……。ちょっとすれ違っただけだったから。パパったら、ほんと、あっという間に帰っちゃったのね」

帰ると口にして気がついた。父が小田原に移り住んでから、もう十年以上になる。この家にって「来て」向こうに「帰る」。いつの間にか、小田原のワンルームマンションが父の本宅みたいになっている。

「百合ちゃん、そんなとこに突っ立ってないで、さっさと座ったら?」

ここで逆らうと厄介だ。黙って母の向かいのソファに腰をおろす。

「花束だけじゃないわ、これも一緒に貰ったの」

母はクッションの下からクリアファイルを取り出した。父が勤めている製薬会社のものだ。金色で社名が印刷されている。そこから薄い紙を引き抜くと、コーヒーテーブルの上に載せた。

「これ……」

息が詰まりそうになった。緑色の線で囲われた薄い紙に縮こまった字が並んでいる。浜田正雄《はまだまさお》
——いちばん下の欄に捺印《なついん》してある。きまり悪そうな顔をして、視線を宙に泳がしていた父の表情が頭をよぎった。

「ママたち……離婚するの？」

母はソファに背を預け、足を組んだ。宙に浮いた右足の先が小刻みに震えている。

「しないのにわざわざハンコなんて押して持ってこないでしょ。まったくなんなのよ、これ。いい年して、汚い字」

母は父の署名を鞭打《むちう》つように親指とひとさし指ではじいた。離婚届という文字が目の端に映った。なんで緑色なんだろう。鎮静作用があるから？　でも、母の怒りは少しも鎮まっていない。

「空欄にママが署名してハンコ押せば、これでパパとはサヨナラ。晴れて他人ということね。せいせいするわ」

少しもせいせいしてない顔で、母は言う。

「そんな……」

父がガラガラとキャリーバッグを引きずる音がまだ耳に残っている。

「こっちだって、このタイミングで言ってくるとは思ってなかったわ。だいたい、やり方が汚いのよ」

冷静になって考えてみれば、父と母の仲は冷めきっていた。顔をあわせるのは年に数回。事務的な会話のあと母は愚痴を言い、父は書斎に引きこもる、その繰り返し。

いつ別れてもおかしくはないふたりだった。いつかはこんな日が来ると思っていた。

でも、そのいつかがこんなに突然やってくるなんて。離婚と聞いて、自分でも驚くくらい動揺している。……裏切り者！　悲しさよりも怒りが広がっていく。

「パパが住んでいる小田原のマンション、来年更新なんですって。近くに中古のいいのが出てるから、それ買いたいっていうの」

母は忌々《いまいま》しそうに息を吐く。

「会社を辞めても、もう、こっちには戻ってくる気ないんですって。あっちで自分の人生を生きたいそうよ」

握りしめているマグカップの先は欠け、ひびが入っている。突然父から離婚を切り出され、マグカップを投げつけている鬼の形相《ぎょうそう》が目に浮かぶ。

「ママだって向こうに行く気はこれっぽっちもないんだから……。ほんとは、もっと前からパパと別れたかった。ママのほうから離婚届を突きつけたかったのに」

母は薄い唇を噛《か》んだ。最悪の結末。違う、これはあたしにとっての序章。清香が生まれなくて、祖父母が死んで、父が逃げて……。誰もいなくなった。これから、この人とふたりきりの日々が始まる。目の前の花束を見つめた。白い花びらの先にねっとりと絵具で描いたような黄色い花粉がついている。この花の花粉は厄介だ。一度つくと、なかなか取れない。

「あなたがいけないのよ、あなたがいたから」

「あたし？」

責めるような視線が向けられた。

「ママは、いつだって百合ちゃんのことを考えてきたわ。ひとり娘をお嫁に出すときは両親が揃《そろ》っているほうがいいから。あなたのために、今の今まで離婚を引き延ばしてきた。なのに、パパは……。娘のことより、自分の人生のほうが大事だったのよ。なんて冷たい人。なんで、ママがあんな人に離婚届を突きつけられなきゃいけないのよ。百合ちゃんさえいなければ、こんな惨めな思いしなくてすんだのに」

いつから降り出していたんだろう。雨が道路を打ちつける音がする。

母がきょう父から離婚を切り出されたことと、あたしが結婚できないこととは、なんの関係もない。なのに、強引にこじつけて、責め立ててくる。あたしが出来損ないだから、そのせいで母の人生が狂ってしまった。おまけに父から離婚を切り出されるという屈辱まで味わった。――いつだってこうだ。機嫌がいいときだけベタベタしてきて、自分の人生の不都合が起きると全部こっちのせいにする。

雨音がさらに激しくなった。窓の外はとっぷり暮れている。父は今、地下鉄の中だろうか。この雨音に気づいているだろうか。

「よかった。これでママもやっと自由になれるわ」

祖父母が遺してくれたアパートと駐車場の家賃収入がある母は、父と別れても生活には少しも困らない。このマンションも貰うことにしたのだとかなんとか、勝ち誇ったように言っている。

「二十四で結婚して、あなたを身ごもって……。その頃には、パパへの愛情なんてとっくに冷めていた。向こうも同じね。清香ちゃんがお腹にいたとき、パパは浮気してた。それでも、母子家庭になって、あなたに惨めな思いさせたくなかったから、ずっと我慢してきたの。だってママが見放したら、あなた、なんにもできないじゃない」

母の身勝手すぎる筋書きに伏し目がちに頷く。心が麻痺《まひ》してもはや痛さも感じない。サンドバッグみたいに母の言葉に打たれている。

〈仕方ないよ。そうやってお母さんは百合に甘えているんだよ〉

〈話を聞いてると、どっちが娘でどっちが母親かわからなくなるね〉

圭くんはそう言って慰めてくれる。違う。慰めたのは圭くんじゃない、あたしだ。そうでも思わなきゃやってこられなかった。

「やっぱり百合ちゃんはママがいないと、なんにもできないのよね。ママも百合ちゃんがいてくれたら何もいらない。パパなんて所詮《しょせん》他人だけど、百合ちゃんは違う。これからは、ふたりで仲良くやっていきましょうね」

ねっとりとした声が絡みついてくる。大きく見開かれた母の目はあなたのことは一生離さないからねと言っているようだ。

嫌だ。このままじゃ、人生まるごとこの人に飲み込まれてしまう。

父は逃げていった。バカのひとつ覚えみたいに百合の花束を贈って。「百合ちゃん」と呼びかけて、口をつぐんだ父。あのとき本当はなにを言いかけたのか。「パパはもう限界だ」か。それとも「ママのこと、これからよろしく頼む」？　ひどいよ、自分だけ逃げていくなんて。父親なら、一緒に連れて逃げてくれればいいのに。

「そうだ、百合ちゃん――」

母は離婚届が入っていたクリアファイルを手にした。

ちょっと待ってよ。なんでそれを？

クリアファイルにぺったりと名刺大の紙が貼りついている。ＷＥＬＣＯＭＥと金文字で書かれた紙は美咲の披露宴のとき席に置いてあったメッセージカードだった。

「これ、引出物の袋の中に入ってたの、捨てないで取っておいてあげたわ」

母はジョーカーの札でも出すように、にやりと笑って紙を差し出した。中に書かれた言葉は見なくてもわかっている。

――きょうは来てくれて本当ありがとう。次にウェディングドレスを着るのはきっと百合だね。圭くんと新居に遊びにきてね♡

「百合ちゃんもスミに置けないわね。圭くんとはいつからおつきあいしてるの？　どこの大学出たの？　会社は？　東京の人なの？」

ひったくるようにして紙をうばった。どうしてこれを持ってんのよ。式場で引出物の袋に入れたけれど、家に帰る前に名刺入れにしまったはずだ。

「百合ちゃん、なんで黙ってんの？　答えられないような人なの？」

この人は、どこまで娘の生活に踏み込んでくるのか。いつまで束縛すれば気がすむのか。

「ママはいつだって百合ちゃんのことだけを考えてきたわ。なのに内緒にするなんてひどいじゃない」

喉もとで大きな塊がとぐろを巻いている。ぎゅーっと見えない鎖で縛られたみたいに苦しい。怒りなのか、絶望なのか、悲しみなのか、それすらもわからない。

「ねぇ、ママは百合ちゃんが心配なのよ。そんな大きな会社に勤めてなくても、百合ちゃんがいいと思うならママはそれでいいのよ。だから、今度、圭くんを家に連れてきなさいよ」

もう終わり。あの人は二度と夢に現れない。母が殺した。気がつけば、圭くんの名が書かれたメッセージカードを拳の中で握り潰していた。

コーヒーテーブルの上の離婚届はたよりないほど薄っぺらい。こんな紙切れ一枚で夫婦の縁は簡単に切れる。母娘の縁はどうすれば断ち切れるというのだろう。

放置されたままのカサブランカの強い匂いが鼻をつく。ゴージャスだけど濃くて重い、母みたいな花。やめて。もううんざりだ。抑えきれない衝動が体の中でぐるぐるまわっている。この花束で母を思い切り殴りたい。「あたしの人生から姿を消してよ」。何度も何度も殴りたい。

いや、待って。

その考えは突然降ってきた。すぐに腰を上げた。

「どうしたのよ、急に？」

「いい機会だと思う」

「なにが？」

母の眉頭が八の字に寄った。このわずかな動きを見るだけで決心が鈍る。でも、ダメ。今断ちきらなきゃ、あたしは一生このまんま。深く息を吸った。

「あたし、家を出る」

するりと言えた。どうして今まで口にできなかったんだろう。こんな簡単なことなのに。

「なによ、いきなり」

「いきなりじゃないよ。……多分、ずっと望んでた」

「待ちなさいよ、百合ちゃんっ。なんでこんな日に」

「こんな日だからだよ」

決めた。家を出るときは、父のように百合の花束を贈ろう。

「なにバカなこと言ってんの。そんな勝手なこと、絶対許さない。ひとり暮らしなんて、そんなことできるはずないじゃない。だいたいあなたは――」

母が喚《わめ》いている。

でも、もう立ち止まらない。思いきりドアを引いた。

カットオフ。

聞きなじんだ声を遮《さえぎ》った。

二章　母子像

1

風がひゅうひゅう鳴っている。

きょうはぐっと冷える。比呂美は傍らのハロゲンヒーターを引き寄せた。手をかざしながら、コタツの上のパソコンに顔を近づける。あたしって男運も家庭運もないけど、買い物運にだけは恵まれてる。お気に入りの通販サイトで前々から欲しかったオリアンのシャツが出てる！ 中古品《ユーズド》が六千円だって。

「コンディション：B　使用感の少ないアイテムです」

新品で買えば、三万円近くする代物だ。ここのシャツって細すぎず太すぎず体のラインがきれいに見えるんだよね。濃紺ってのが大人シンプルでいい。これさえあれば、まわりもオシャレと認めてくれる。自分が今より少しマシになるような気までしてくる。なんとしてもこのシャツはモノにしなきゃ。

先月は散々だった。美咲、大学の後輩と結婚式が続いて、ご祝儀＋アルファで八万円が羽が生えたみたいに飛んでいった。自分のものを全然買えなかった反動で、今月に入ってからは買い物しまくっている。カードは限度額ぎりぎりまで使ってるから、現金で買うしかない。ここで六千円使ったら、口座には四千三百円しか残らない。わかっちゃいるけど、残高と物欲は反比例する。欲しいと思ったら絶対に欲しい。

右手でマウスを持ってカーソルを「カートへ入れる」の表示にあわせた。出会ったときが決めどき。一点ものの中古品は、ぼやぼやしてたら、他の人に買われてしまう。よしっ。人差し指に力を入れ押した。画面が変わった。「注文を確定する」これも迷わずポチッ。ARIGATO! アルファベットが画面に出てきた。

やったね。あさってには手もとに届く。濃紺のシャツを着こなしたあたし。うん、いい感じ。でも、なんでだろう。いつもこうだ、ゲットした達成感はほんの一瞬。長くは続かない。ポチった途端、気持ちがスーッと引いていく。

飲みかけの発泡酒の缶を持ちあげた。残りあと半分くらいか。買い置きはこれがラスいち。さっき亜沙美《あさみ》に「来るなら金麦とギョーザ買ってきて」とLINEを送ったけど、ちゃんと覚えてるだろうか。

てか、あいつまだ来ないわけ?

埼玉の実家で暮らしている妹からLINEが送られてきたのは夕方近くになってからだ。〈池《いけ》袋《ぶくろ》に行く用事があるから帰りにちょっと寄ってもいい? 七時には着くから〉って。どこが七時だよ。もう三十分も遅れてる。相変わらず、いい加減で勝手なやつ。

あー、それにしても、いよいよ貧乏生活突入か。スウェットの下でたぽついている腹の肉をつまんでみた。決めた。給料日まであと五日。ダイエットもかねて、昼ごはんはコンビニのおにぎり一個にしよう。夜だって贅沢《ぜいたく》さえしなけりゃ、食いつないでいける。あとで西友に行って、塩ラーメンの五食パックともやし、サトウのごはんを買ってこなきゃ。一日目はもやし×ラーメン。で、翌日は溶けるチーズ×ラーメン。三日目は素ラーメンのあと、残りのスープでおじや。次は水の量を減らして、塩焼きそば。それから……。

突然、コタツの上のスマホが震えた。ＬＩＮＥだ。亜沙美？　画面を見ると、昔、派遣で一緒だった由希乃《ゆきの》からだった。

〈久しぶりー♡ちょっとお願い。来週のどっかで座談会するんだけど出ない？　交通費＋謝礼５０００円、即金だよ（^_-）〉

マジで？　謝礼という言葉に胸が躍った。

〈座談会⁉　出る出る出る！　来週、月でも火でも、いつでもＯＫ。テーマはなに？〉

すぐに既読マークがついた。由希乃は三年前から「Ｗ－ＩＮＳＩＧＨＴ」とかいう女性誌で契約社員をやっている。万年金欠のよき理解者で、読者座談会やらアンケート回答やら、なにかと声をかけてくれる。やっぱ持つべきものは友だよね。

お、来た来た返信が。

〈ありがとう＼（^o^）／。テーマは『母との関係』だよ。あたしは人集め要員で編集は別の人。聞かれたことにテキトーに答えてくれたらいいから。日時決まったら、また連絡するし♡〉

げっ。母モノだって。

パソコンの脇にある折立てミラーに冴《さ》えない女が映っている。線で描いたみたいな白目がちの目、長い顎。嫌になるくらい母にそっくり。あの女との関係？　そんなのサイアクのひと言に尽きる。

缶に残った発泡酒を飲んで、そのまま仰向けになった。コタツ布団を胸もとまで引っ張りあげて、横にあったブランケットを上からかける。

てか、亜沙美はまだ？　もうすぐ八時だし。手探りでコタツの上のスマホを取り、ＬＩＮＥを開いた。

亜沙美のアイコンがまた変わっている。どこまで自撮り好きなんだか。大きな黒目がちの瞳にぷるっとした唇の妹がオレンジジュースのストローをくわえ、上目遣いでこっちを見ている。スマホの中で笑っている妹の顔を指で押し広げてみる。姉の欲目なしにかわいい。あたしだって、できれば、こういう顔に生まれたかった。

頭の中で憎ったらしい声がキンキン鳴る。

「あんたってほんとに、顔も性格もかわいげゼロ！」

「その立ち耳どうにかなんない？　サルみたいで目障りなんだけど」

自分だって同じ顔してるくせに。いや、そっくりすぎるから近親憎悪ってやつか。母はいつもあたしに言いたい放題。あたしはあたしで「うっせぇ、ばばあ」。いつも罵《のの》りあってしまう。

画面いっぱいに広がる亜沙美の笑顔を指ではじいた。ったく、自分だけかわいい顔して。誰に似たんだよ、この子は。どっかで拾ってきたとしか思えない。

でも、たしかに覚えている。幼稚園のとき、あの女のお腹が日に日に大きくなっていったことも、産院のベッドであの女の腕の中に真っ赤な顔した赤ちゃんが抱かれていたことも、生まれたその日からあの女の愛情を根こそぎかっさらっていったことも。

この自己チュー女、あたしの愛情の取り分まで横取りしやがって……。

〈今どこよ？　さっきからずっと待ってんだけど〉

怒りの絵文字と一緒に亜沙美にＬＩＮＥを送った。

ようやくインターフォンが鳴った。時計を見ると八時十三分だった。

ドアを開けると、水色のコートを着た亜沙美がニッと笑った。

「遅せーよ」

「はい、お土産」

ミスタードーナツの袋を突きつけてきた。

「こんなの頼んでないけど」

「えー、だって、店の前を通ったら、どうしても、フレンチクルーラーが食べたくなったんだもん。お姉ちゃんもミスド好きでしょ」

大きな瞳がぐるりと六畳間を見回した。

「それよか、この部屋、相変わらず、きったなーい」

「じゃあ、来んなよ」

ひと睨《にら》みして、玄関からコタツの定位置に戻る。亜沙美はブーツを脱ぎ捨てると勝手に部屋にあがってついてきた。

「でも、どこよりも落ち着くんだよねぇ。これってお姉たんのお人柄かな」

コタツの向かいにするりと入り込んで、潤んだ瞳でお得意の上目遣い。ほんと調子いい女。

「あったかーい」

亜沙美はコタツ布団を首もとまで引きあげた。

「風がスースー入って、寒いって」

「あ、ごめーん」

「で、用ってなによ」

「お姉ちゃんに会いたくなったんだよ」

「また、嘘《うそ》ばっか」

「嘘じゃないってばぁ。お姉ちゃん、全然ウチに帰ってこないじゃない」

「正月に帰ったし」

亜沙美はミスドで買ってきたアイスコーヒーを差し出してきた。

「帰ったって言っても、元日だけじゃない。おばあちゃん、二日にウチに来たんだよ。お姉ちゃんがいないって、すっごく淋《さび》しがってたんだから」

「ふーん」

フレンチクルーラーにかぶりついた。淋しがってくれるのは、一緒に暮らしていない祖母だけ。もともと存在感ゼロ、無口すぎる父はなにを考えているかわからない。どうせあの女は「目障りな娘がいなくてせいせいする」とか言ってるに決まっている。

十八年前、都立の大学に落ちて第二志望の私立に行くことになったとき、母は通帳片手に言った。「もうこれだけしか金が残ってないんだから。あんたが私立に行くせいで、どんだけうちに迷惑かけてるか、忘れなさんな」。アパレル会社に就職が決まったら決まったで「家に毎月五万を入れられないなら、さっさとひとり暮らししてよ」と言ってきた。手取り十四万、残業代なしのブラックすぎる待遇に嫌気がさして派遣の身になっても「帰ってこい」とも言ってこない。

なのに、亜沙美には全然態度が違う。

一浪して三流私立に行って、さらに一年、就職浪人。やっと入れた会社も三年ちょっとで辞めて、思いついたように短期のバイトをするだけ。ずっと「家事手伝い」を続けているのに、母は文句ひとつ言わない。それどころか、しょっちゅうふたりで食べ歩きしたり、温泉に行ったりしてる。あのとき、見せられた残高二百万の通帳はなんだったのか。……やめよう、あの女のことを考えると、マジで胸くそ悪くなる。

「どーでもいいけど、ホントの用はなに？　さっさと言いなよ。あたし、このあと予定あるし」

なんてウソだけど、はやくひとりになりたい。

亜沙美はフレンチクルーラーをナプキンの上に置いて、トートの中からトリーバーチのミニバッグを取り出した。

「これ、ありがと」

「てか、ドーナツの油がつくだろうが。ちゃんと手を拭いてから触れって」

「えー、別に汚れてないしぃ」

指についた砂糖を舐めながら、また上目遣いをする。

亜沙美が突き出してきたバッグは案の定、ゴールドに輝くチェーンとTのマークがくすんでいる。持ち手には前にはなかったひっかき傷が……。正月に貸したバッグがたった一ヶ月でコンディションBからコンディションDに格下げ。どうしてくれる？　中古で一万八千円もしたバッグなのに。

「貸すときに袋一緒に渡したよね。あれどうした？」

コメカミあたりがピクピクしてくる。

「え、そうだっけ？　ごめーん、忘れてた。今度ゼッタイ持ってくるから」

亜沙美は両手をあわせて拝むポーズを作ってみせた。なまじかわいいから、余計むかつく。昔から人のものを壊すか、汚すか。お気に入りの白シャツにはシミをつけられ、勝負服のニットには毛玉をつくられ、誕生日プレゼントに貰ったシャネルリップは折られ……。

「なんで人のものをめちゃくちゃにすんだよ」とキレると、亜沙美はガキみたいに「お姉ちゃんが逆ギレした」と「ママ」に泣きつく。あの女はズタボロにされた現物も見ないであたしを責める。「どうせ中古で買ったんだから、キーキー言いなさんな。なんでそんなに心が狭いんだよ。そんなんだから彼氏もできないんだって」。あー、もう亜沙美とかかわると、ほんと不条理の連続！

「でさぁ」

「なに？」

「そんな嚙みつくみたいな声出さないでってば。今度の日曜日、大事な用事があるんだけど、バッグ貸してくれない？」

「やだよ」

即答した。

「あんたに貸すとロクなことないし」

「そんなこと言わずにお願い！」

亜沙美の視線が、ベッドの上で止まった。ダウンやらスウェットやらブラジャーやらバスタオルやらがトグロを巻いている。そのてっぺんにあるオレンジのバッグをじーっと見ている。

「そこにあるの。フルラでしょ。ねぇ、あれ貸して」

いつの間にチェックしていたのか。油断も隙もありゃしない。

「だーめ」

「いいじゃない、どうせ置きっぱにしてるくせに」

「置きっぱじゃねぇし。使うからここに置いてんだし」

「意地悪しないで貸してよ」

「は？　いつどこで誰が意地悪した？　意地悪されたのはあたしだって。大事なバッグ、ユーズド加工されて」

ベッドからフルラのバッグを取って、こっちに引き寄せた。

「そんなこと言わずにお願い！　あたしの一生がかかってるんだから」

「一生って？」

亜沙美の頬が一気に緩んだ。

「それがぁ、あたし、実はお見合いすることになって」

「なんで？　あんた彼氏いるじゃん」

今の彼氏のマサハルはなかなかのイケメンでつきあいも長い。元日に帰ったときも、一緒におせちを食べた。母だって自分の息子みたいに「まあくん、まあくん」とすり寄って酒をついだり、おせちを取り分けたりしていた。

「まぁくんねぇ……」

亜沙美は腕をくむ。

「いいんだけどぉ、年収がねぇ。三百いくかいかないかで、ママも『どうなの、あの人は?』って言うんだよね。あたしもこう見えて三十だし。将来のこと考えると、厳しいかなぁって。だって、今度あたしがお見合いするの、お医者さんなんだよ」

なにそれ? 〈医者〉という言葉に婚活センサーが作動した。

「どこで見つけたのよ? ネット? 結婚相談所にでも登録した?」

「えー、あたし、そこまでは焦ってないしぃ。違うの、ママが見つけてきてくれたの」

「あいつが?」

マジかよ。コタツ布団を握りしめていた。

「ほら、ママ、最近フラダンス習ってるでしょ。そこで知り合ったおばさんがチョーセレブで、いろいろと華麗なる人脈があるみたいで。『いい人いませんか?』ってママが頼んでくれたの。そしたら、順天堂《じゅんてんどう》出たイケメンがいるって」

またあたしを通りこして、亜沙美ですか。胸の下あたりがきゅーっと絞られたみたいに痛い。あの女、あたしには見合いのみの字も言ってきたことない。それどころか、あたしと顔をあわすと、必ず言う。

「言っとくけど、うちにはあんたを養ってく余裕なんてないんだからね。あんたのこと貰ってくれる男なんていないだろうから、一生嫁に行けなくても、自分の面倒は自分で見てよね」

この怒りを顔に出しちゃダメ、出したら嫉妬《しっと》してると思われる。いい年してそんなのみっともない。でも、どうしても頬が強張《こわば》ってくる。

「でね、彼、大宮《おおみや》のクリニックで副医院長やってるらしいんだけど――」

亜沙美は得意げに見合い相手のプロフィールを話している。

「ねぇ、お姉ちゃん、人の話ちゃんと聞いてる？」

亜沙美が顔をのぞき込んできた。

「てか、あんた、いつまでいる気？」

腹の底からドスのきいた声が出た。

「なによ、久しぶりにおしゃべりしようと思ってきたのに」

怯《おび》えたような目がこっちを見る。

「うるさい、帰れって」

「えー、そんなに言うなら帰るけど、その前に、バッグ貸して」

ふざけんな。膝の上に置いていたフルラのバッグを亜沙美に向かって投げつけた。

「やめて」

バッグは身をかわした亜沙美の脇にすとんと落ちた。

「そんなに欲しけりゃ持ってけよ」

湧きあがってくる怒りで頭の血管がどうかなりそうだ。あのクッソババア。自分にそっくりの憎たらしい顔が浮かんでくる。

消えろって。

頭を思い切り左右に振った。

2

ここって十五畳くらいかね。ベージュの壁で囲まれた殺風景な個室には長机がふたつくっついて置かれている。

パイプ椅子に背を預け、ペットボトルのお茶を飲んだ。四ヶ月前にここで座談会をしたときは焼肉弁当とスタバのコーヒーが出たけど、きょうはお茶とポテチとアルファベットチョコレートだけ。これって経費削減？

「特集は全部で六ページ。最初の見開き二ページで上条眞理子先生に母と娘を取り巻く問題についてのインタビューをします。で、残り四ページが読者座談会になります。きょうのテーマは『わたしが、〈消えてください！　お母さん〉と思う瞬間』です」

正面に座る編集部の滝本《たきもと》さんは思っていたより地味な女だった。ショートカットで化粧っ気もない。グレーのニットもシンプルすぎ。モノはいいんだろうけど。肌ツヤから言ってタメかプラス一、二歳ってとこか。

「上条先生が書かれたこの本にもいろいろな事例が出てきますが、虐待とかネグレクトとまではいかないけれど、母親に対してネガティブな違和感を覚えている人って少なくないと思うんですよね。お名前は仮名、顔写真も載せませんので、みなさん、気兼ねせずに、ばしばし本音を聞かせてもらえるとありがたいです」

そう言って、上条眞理子とかいう精神科医が書いた『消えてください！　お母さん』を机の真ん中に置いた。今、この出版社でイチ押しの新書らしい。「続々重版！　三十五万部突破」と書かれた帯には、ド派手なピンクのスーツを着たおかっぱ頭のおばさんがカラーで載ってる。すっごい厚化粧。それなりに有名らしいけど、いい年して、前髪パッツンな女ってなんか信用できない。

「うーん、あたしの場合、正直言って母に対して『消えてください！』っていうほど激しい感情を持ったことはないですね。ただ、もうあたしもいい年なのに、勘弁してよっていうか、ちょっと重いなあと思うときがあるというか……」

いきなり？　左隣に座っているぽっちゃり系の女が話し始めた。

「それって、具体的にどんなときですか？」

すかさず滝本さんが質問する。ぽっちゃり女は「そうですねぇ」と言った。

「あたし、三十歳になったのを機にひとり暮らし始めたんですけど、母ったら毎日電話してきて、長話するんです。それに週末のどちらかは必ずやってきて、掃除したり洗濯したり……。知らない間に合鍵まで作ってて。いろいろやってくれるのはありがたいんですけど――」

「わかります、その感じ」

今度は右隣の目が異常にデカい女が喋り出した。頬にたっぷり肉がついてて、なんか出目金みたいだ。

「あたしも、母のことは全然嫌いじゃないんですよ。身のまわりのことは、なんでもやってくれるし、友達みたいになんでも話せるんですけどぉ。母はあたしのこと、かわいくて仕方ないっていうかぁ、もう一生一緒にいたいって感じで。だから、ちょっとでも離れようとすると、猛反撃されるっていうか。あの、あたし、ちょっと前に彼氏ができてぇ。その流れでひとり暮らししたいって母に言ったら、『こんなに大切に育ててきたのに、なんの不満があるの？』とか号泣されて――」

出目金女は一度喋り出したらとまらないタイプらしい。自分がこれまでいかに母親にかわいがられてきたかを延々と喋り続ける。

これって、愛され自慢？　ここで嘆くほどのことか？　てか、この出目金、亜沙美と喋り方が似ている。愛情にどっぷり浸《つ》かって全肯定されてきた人間特有の自信満々な感じ。聞いてるだけで腹が立つ。

編集の滝本さんも、左隣に座るぽっちゃり女も、ご丁寧にうんうん相槌を打っている。これが座談会のマナーってやつか。ふたりにあわせて、テキトーに頷いた。

ああ、つまんねぇ。頷きながら、目の前にある『消えてください！　お母さん』を引き寄せた。ぱらぱらめくっていると、「母子密着という支配」という小見出しが目に入った。

みなさん、「一卵性母娘」という言葉を聞いたことがあるでしょうか。これは母親と娘の相互依存からくる密着状態を表す言葉で、「友達母娘」「母娘カプセル」などもほぼ同じ意味で使われていますね。言うまでもなく、母親と娘は同性です。そのため、母親は娘のことを「自分から出てきた他者」とは思えず、同一化しやすいんですね。特に夫との関係が冷めきっている場合は、どんどん一体感を強めて、お互いが離れがたい存在になっていくのです。

あたしと母だって一卵性双生児並みに顔も性格も似ている。でも、あの女は意地でもあたしを同一化しない。きっと自分のことが嫌いなんだね。だから似ても似つかぬ亜沙美と同一化したがる。捻じれた一卵性母娘だ。

わたしのところにも、一卵性の片割れである娘たちがよくカウンセリングにやってきます。「母親が友達や彼氏のことにまで口を出してくる」「母は口では『そろそろ結婚しなさい』と言うくせに、いざ彼氏ができると全力で潰しにかかってくる」「三十過ぎて『お嫁になんて行かなくても、ママがずっと面倒見てあげるから』とか真顔で言われると、ちょっと重い」などなど、娘

たちは自分を分身扱いし、同じ感じ方や考え方を押しつけてくる母親へ違和感を持っています。その一方で「お母さんが重たいって感じるわたしって、すごい薄情なのかな」「やっぱりお母さんの言うことに従うべき?」という罪悪感もあって、それがストレスとなってしまうのです。

でも、そんなことで息苦しくなる必要はありません。ここ、大事なところです。母を重いと感じるのは精神的自立への第一歩。娘として当然、というか、普通なら十代で感じるべきことで、二十代、三十代になって気づくのは遅すぎるくらいです。にもかかわらず、罪悪感を抱いてしまうのは、母親によって知らず知らずのうちにコントロールされているからなんですね。

母親は、分身であるあなたが離れてしまうとどうしていいかわからない。いわゆる「分離不安」でいっぱいなので、「あなたのためを思って」「あなたはお母さんの生きがいだから」と繰り返し娘に言い聞かせます。そうすることで、「お母さんはわたしが支え続けなければならない」という義務感をあなたたちに植えつけ、母娘カプセルから抜け出ないようにしているんです。でも、この支配を断ち切らない限り、娘は自分の人生を生きられません。

渡邊《わたなべ》さん——。

あれ、今、名前、呼ばれた? 本から顔をあげると、滝本さんがこっちを見ている。

「渡邊さんはいかがですか? どんなときにお母さんに対してストレスを感じます?」

ヤバい、この感情のこもらないテキパキ口調。なんかちょっと怒ってる。本ばっか読んでないでちゃんと答えろよ、吊《つ》りあがった滝本さんの目がそう言ってる。

さっきまでベラベラ喋っていた出目金もこっちを見ている。なんであんたまで責めるみたいな目してるんだよ。あんたの話がつまんねぇから本、読んでたんだけど……。

「あたしですか？　そうですねぇ、あたしはみなさんとは違って、母親に対して、しょっちゅう『消えてください！』って思いますけど。いや、もっと正確に言うと、弱気なお願いモードじゃなくて『さっさと消え失せろ、ばばぁ』って感じ。ま、向こうも、あたしに対して『消えろ！』って思ってんだろうけど」

「えー、なんでそんなに仲が悪いんですか」

出目金女が訊《き》いてきた。丸い目をますます丸くてして、こっちを見ている。

知らねぇよ、そんなの。こっちが訊きたいぐらいだって。あたしがあの女と相似形の顔だから？　顔だけじゃない、きっつい性格もまんま譲り受けてるから？

「さぁ、なんでかなぁ。母は五つ下の妹とはもうありえないくらい仲がいいんですよ。この本にもあった一卵性母娘ってやつ？　っていうより落花生みたい。同じ殻の中でくっついていて、あたしは完全に蚊帳《かや》の外っていうか、殻の外」

ぽっちゃり女に出目金女。両隣の甘ちゃん女を交互に見た。あんたらも、うちの亜沙美と同類だ。母親べったりで育った甘ちゃんに、疎外感ハンパないあたしの気持ちなんてわかるまい。

「あたし実家を出て、ひとり暮らししてるんですけど、親からはいっさい連絡なし。フツー、食べ物とか送ってくれるじゃないですか。そういうのもなし。なんせ、東日本大震災のときもメールも電話も寄こさないくらいですから。ま、こっちも意地でも連絡しませんでしたけどね。あとで妹から聞いたけど、３・11のとき、母とずっと抱き合ってテレビ見てたって。マジキモイでしょ。なんか昔から、あのふたりってありえないくらいスキンシップしてて」

あたしは、あの女と手をつないだこともない。抱きしめられたことも、頭を撫でられたこともない。いや、ずーっと昔は少しはかわいがってもらってたっけ？　三歳ぐらいのあたしが母の膝の上に座っている写真は残っている。『いやいやえん』とか『ぐりとぐら』とか絵本を読んでもらったこともあったかもしれない。でも、かすかな記憶なんて吹っ飛ぶぐらいあの女は、亜沙美とベタベタくっついていた。あたしはいつだって透明な壁の外で爪を噛んでいた。

「まぁ、ふたりで勝手にやってくれって感じだけど、たまに実家に帰って、仲良しっぷりを目の当たりにすると、キモいから消えろ！　って思いますよね」

さ来週の土曜日には、また祖父の七回忌で顔をあわせなきゃいけない。あー、やだ。あんな家なんか帰りたくもない。

「うちの母、還暦過ぎてるのに、妹と買い物に行ってお揃いのヒラヒラしたニットとかリボンブーツとか買うんですよ。はたちの頃からスタイルが変わらないのが、母の唯一の自慢なんだけど、だからって全然似合ってない。もうマジやめてほしい。妹と同じ格好して並んでると、引き立て役にしかなんないのに。母はそれがわかってないか、壊れてるっていうか――」

気がつくとものすごく早口になっていた。あー、なんか変なスイッチが入ってしまった。体が熱い。次から次へと、あの女と亜沙美のムカつく光景が浮かんできて吐き出さずにはいられない。てか、なんでこんな嫌な思いして五千円しか貰えないわけ？　五十万円くらい謝礼くれなきゃやってらんないって。

3

エアコンが大袈裟な音を立てている。足首のあたりがじーんと痺《しび》れてきた。だから、畳の部屋でご飯食べるのって嫌なんだよね。それにこの家、寒いし。隙間風のせいか、エアコンがボロいせいか、古びた六畳間は全然暖まらない。

タレが沁《し》みたご飯を口に入れた。甘っ。米もベチョベチョしてる。肝吸いの肝はちっせいし。母は、はす向かいで鰻《うなぎ》をかき込んでいる。なにが「長女としてお父さんの七回忌はちゃんとやってあげたい」だよ。こんな不味《まず》い鰻を食べさせられるんだったら、父と叔母夫婦が「野暮用があるんで失礼します」と腰をあげたとき、一緒に逃げて帰るんだった。

隅に置かれた仏壇に黒縁の写真が飾ってある。心もち厚い唇を一文字に結んだ禿頭《はげあたま》の老人は六年前に心筋梗塞で亡くなった祖父だ。生前、顔をあわせるといえば盆、暮れ、正月だけ。そばに寄ると枯れ葉みたいな匂いがした。改めて写真を眺めてみると、案外鼻筋が通っている。頭の中で祖父の禿頭に毛を足してみる。ついでに右頬にふたつ並んでいる茶色いシミを取り去れば、なかなかのイケメンだ。

「ねぇ、きょうのお坊さんってさ、かなり若かったよね」

正面に座る亜沙美が鰻を箸《はし》でちまちまほぐしながら話しかけてきた。

「そうだっけ」

「やーね、お姉ちゃん、見てなかったの？」

亜沙美は小首を傾げてこっちを見る。隣に寄り添う母とは共通点ゼロ。トンビが鷹《たか》を、いや白鳥を産んだくらい似てない。ネズミ男みたいな父にも、もちろん似てないし。誰の遺伝子貰ったのか、ずっとナゾだったんだけど、今、わかった。おじいちゃんの生き写しだったのか。

「坊主になんて興味ないし」

「あの感じだと、どう見ても、お姉ちゃんより年下だよ」

引っ張るなよ、坊主の話。先週末、医者と見合いしたばっかりだっていうのに。

「あの男がいくつでも、あたし、どーでもいいんだけど」

「ふーん、でも、あたしは気になるな。けっこうイケメンだったし。ねぇ、ママ、あの人、いくつ？　住職の息子なのぉ？」

亜沙美の声の甘ったるさは鰻のタレの十倍だ。

「あそこの息子はまだ学生よ。きょう来ていたのは、住職の親戚の子」

母は亜沙美の顔だけ見て答える。ウエストに小さなリボンがついたふんわりワンピースは顔にもあわない、年にもあわない、とにかく全然似合っていない。喪服まで娘とお揃いとか、マジでやめてほしいんだけど。

「ＩＴ系の会社に勤めてたんだけど、上司と喧嘩してそこ辞めてね。そっから、コンビニでバイトして東南アジア……じゃなかった、そう、たしかインド、ネパールよ。で、一年だか二年リュックひとつで回って、帰ってきたのはいいけど——」

だから、いくつなんだよ、あの坊主は？　さっさと訊かれたことに答えりゃいいのに母は新米坊主のプロフィールをくどくど話す。亜沙美は亜沙美でいちいち相槌を打っている。

「道理であの若いの、お経読むの、下手クソだったんだ」

突然、隣に座っている祖母が割り込んできた。

「あんな半人前、寄こすなんて、どうゆう神経してんだろ。つきあい長いのに、あすこの住職も人、バカにしてるよ、まったく……」

喋りながら、付け合わせの沢庵《たくあん》をがりっと噛んだ。八十三歳になっても虫歯が一本もないのが自慢の祖母はガリガリと大きな音を立てながら、続ける。

「だから、あたしはあれほど言ったんだ。お布施は一万円でじゅうぶんだって。あんな坊主もどきに三万円も包むなんてどうかしてるよ。あー、もったいない。なんだよ、いっつも金がない、金がないってほざいてるくせに」

祖母と母も昔からウマがあわない。顔をあわせりゃ罵りあっている。

「ほんと嫌になるねぇ。変なとこで見栄張るんだから」

「いくら払おうとあたしの勝手でしょ」

母は薄い唇をへの字に曲げた。しゃくれた顎に梅干しみたいなシワが寄る。

「勝手じゃないよ。お布施はこっちの財布から払ったんだから。そのくせ、あんたはなんだよ。お父さんにあんなにかわいがってもらったくせに香典はたったの一万円。お供えなんて八百円の饅頭《まんじゅう》じゃないか」

「やめてよ、ご仏壇の前で。なにかといえば、すぐ金の話なんだから。だいたいなんであたしだけ文句言われなきゃいけないよ。道子《みちこ》のとこなんて、夫婦でたったの五千円よ」

母は叔母の名を出して恨めし気に老母を見る。これってあたしの二十五年後？　やだよ、絶対、こんな醜いおばさんになんない。

祖母は空になった湯呑《ゆのみ》に茶を注ぎながらフンっと鼻を鳴らした。

「『お父さんの七回忌はあたしがやる』って言い出したのは、里子《さとこ》、あんたのほうだろ。だから、任せたのに。なんで法事のあとに鰻なんだよ？　普通は精進料理だろうに」

「いいでしょ。お父さん、鰻が大好物だったんだから。あー、もう嫌だ。そのひん曲がった口は文句しか言えないわけ？」

血走った目は根性ワルのキツネみたいだ。

「てか、おばあちゃんのこと言えなくね？　そっちだって、さっき香典はたったの三千円だって、あたしに文句言ったくせに。なにかといえば金、金、金なのは、そっちでしょうが。卑しさが顔に出てるよ」

「ひどい、お姉ちゃん。ママに向かって。そんな言い方しちゃ、ダメよ」

三千円どころか、一銭も払ってない亜沙美が口をはさんでくる。

「ママ、おじいちゃんのこと大好きだったから、きょうの七回忌には、特別な思い入れがあったのよ。ねぇ」

亜沙美は真珠のネックレスを細い指にまきつけながら母に微笑む。耳にも真珠のイヤリング。淡いピンク色に輝く丸い粒は八ミリ、いや九ミリはある。

……待てよ、これって。

シワだらけの母の首筋を見た。見るからにイミテーションのせこいネックレスがぶらさがっている。間違いない。亜沙美のしているネックレスは母の嫁入り道具だ。

子供の頃、祖母に何度も聞かされた。

冠婚葬祭のときにちゃんとしたパールのネックレスがないと、恥をかくと母にせがまれて、銀座のミキモトでイヤリングとセットで四十万円もするパールを買わされたと。

「『高すぎる』って言ったら『親ならそれくらい買うのが常識だろ』だってさ。あの子が持ってたって、豚に真珠。大きくなったら、あれ、あんたが貰うといい。無駄に高かったんだから、孫の代まで使ってもらわなきゃ」

なんでそれをちゃっかり亜沙美がつけてるのか。借りた？　それとも貰った？　どっちにしたって、それつけるのは長女のあたしじゃね？

持っていた箸を机の上に置いた。

「お姉ちゃん、どうしたの？」

亜沙美が顔をのぞき込む。子鹿みたいな表情を見ていると、腹わたが煮えくりかえってくる。

「そんなに……」

ひと呼吸してから言葉を続けた。

「そんなに七回忌に思い入れがあるなら、なんでこんな不味い鰻とるわけ？　これ、どう見ても『並』じゃん。せっかく頼むんだったら『特上』にしろって。そんなとこでケチってどうすんのよ。ほんと見ててイヤになる」

なんであたし、鰻の話なんかしてんだろ。「特上」でも「並」でも、どうせ養殖ものだ。そんなもん、どっちでもいい。そんなことよりネックレス。あたしは貰えないってわかっていた。わかっていても亜沙美がつけているのを見ると胸がキリキリする。この前の見合いだってそう。いつもあたしを飛び越えて亜沙美が優先される。それがパターン。だけど、どっかでまだあの女に少しだけ期待していた。今度、顔をあわせれば丸くなってんじゃないか、親らしいことをしてくれるんじゃないかって……。そんな自分が悔しくってしょうがない。勉強だって亜沙美よりずっとがんばってきた。仕事だってちゃんと自分で見つけた。どんだけ貧乏しても、亜沙美みたいに物をねだったり、金をせびったりしたことはない。あたしはひとりでがんばってきた。なのに、母はそんなあたしを見ようともしない。どこまであたしの気持ち、ないがしろにしたら、気がすむってのよ。

母を問い詰める言葉が喉まで出かかっている。でも、言えない。言いたくない。ここですべてをぶちまけたら「いい年してかわいい妹に嫉妬している」と思われる。今さら「あたしのことかまってよ」なんて惨めすぎて耐えられない。

「こんなんじゃ、鰻好きのおじいちゃんも草葉の陰で泣いてるよ」

吐き捨てるように言って鰻に山椒《さんしょう》をふりかけた。

「もーなんなのよ。さっきから、ぐちゃぐちゃ煩《うるさ》いんだって。文句言うなら、食べなさんな」

細い目が刺すようにこっちを見る。ヴォー、ヴォーンとエアコンの音が耳に障る。

「いいや、食うし。残せば残したで、どうせまたギャーギャー言うんだろうから」

器に残った鰻をかき込んだ。山椒がツーンと効いてきた。胸から喉に向かって空気のかたまりが突きあげてくる。けほけほ咳《せ》き込むと、涙がじわっと滲んできた。

「大丈夫かい?」

祖母が身を乗り出してきた。見ないでよ。目の端にたまった涙を指でぬぐった。あたしは泣いてるんじゃない。これは山椒のせいだから。

「……大丈夫だって」

いてッ。喉にちくっと刺すような痛みが走った。マジで？　泣きっ面に骨かよ。

4

エアコンが相変わらずヴォーという音を立てている。拡大鏡に向かって、口を大きく開け、アインシュタイン並みに舌を出してみた。喉仏の奥に空洞が見えるだけ。鰻の小骨がどこに引っかかっているのかなんてわかんない。

湯呑に残ったお茶を一気飲みした。ちくっとした痛みが喉を刺す。なんとかしてよ、この骨。

「大丈夫？　ご飯、呑み込んでみたら？」

亜沙美が傍に寄ってきた。フローラル系の甘ったるい匂いが漂ってくる。クサッ。なんで法事に香水振りかけてくるんだよ。しかもあの女と同じ匂い。吐きそうになる。

「だから、ご飯、丸呑みすると、骨がもっと深く刺さって逆効果なんだって」

「でも、あたし、ご飯呑んで、取れたことあるけどぉ」

妹の華奢《きゃしゃ》な首元で輝くネックレスを見てると、一度はおさまった怒りがまた煮え立ってくる。

「だったら、たいして深く刺さってなかったんだって。あたしのは、もっと重症だって」

声帯を動かすたびに喉がチクチク痛む。これ以上喋らせるなって。

「なによ、せっかく心配してあげたのに」

子供みたいに頬を膨らます。それでかわいいと思ってんのか。あと一年もすれば、そのキャラ、絶対アウトだから。

「もういいし、向こうでママのお手伝いしてこよっと」

亜沙美はニヤリと笑った。

「夕方から飯野《いいの》さんとデートなんだよねぇ。いったんうちへ迎えにきてもらって、ママと三人でお食事するの。だからぁ、さっさと帰らないと」

飯野さん……。先週、亜沙美が見合いした大宮のクリニックの副医院長だ。母親込みのデートなんてドン引きされるに決まってる。なに考えてんの、こいつ。

「お姉ちゃんも、早くその骨なんとかして片づけ手伝ってよ」

亜沙美がひらりと腰をあげ出ていった。

ようやくひとりになれた。急須《きゅうす》に残った茶を湯吞に注いだ。もう一度、ダメもとで吞んでみる。ごくりとしたところで、隣の和室から畳を踏みしめるような足音が近づいてきて、襖《ふすま》が開いた。祖母が巣鴨《すがも》で買ったゼブラ柄の巾着《きんちゃく》袋を持っている。

「骨はどうなった?」

喋ると痛むので首だけ横に振った。よっこいしょと言って祖母は隣に座った。

「じゃあ、これ使いな」

巾着袋から取り出したのは小さな縦長のケースだった。骨ばった手がケースを開けると〈渡邊〉と象形文字みたいな字で彫られた判子が出てきた。

「喉を上からこうやって」

祖母は喉を撫でるような仕草をして見せた。

「は？」

「知らないのかい？　骨が刺さったときは象牙《ぞうげ》の判子で喉を撫でるといいんだよ。これ、金庫から持ってきたんだから」

祖母はどこまでも真剣だ。差し出された判子を黙って受け取った。

「象牙の滑らかなのが効くんだろうね。インド……あれ、タイだっけ？　とにかくそっちのほうじゃ象は神さまみたいな存在だろ。その牙だもん。神通力があるんだよ。いいから、やってごらん」

なんか霊感商法みたいなモードになってきた。でも、まぁ階段の上り降りがしんどくなったといつもこぼしている祖母が、二階まで行ってくれたんだ。顎をあげて喉仏のあたりに判子をコロコロ転がしてみた。なんの変化もなし。当たり前だけど。

「取れないよ」

「やり方が下手なんだよ。ほら、もっと顎あげてごらん」

祈禱《きとう》師みたいな顔をして、あたしの喉を判子で撫で始めた。

「この辺かい？」

「ああ、そう。そのあたり」

上から下、下から上。祖母の手が何度も喉もとを往復する。

「どう？」

「いいや、ダメ。取れ……ない」

「おっかしいねぇ。おじいちゃんなんて、こうやるとあっという間に取れたのに」

祖母は懲りずに象牙を転がし続ける。

「比呂美はキレイな肌してるね。白くて柔らかくて象牙みたいにスベスベだ」

なんだかちょっとくすぐったい。そういえば、祖母は母とは違って、昔からよくあたしのことを褒めてくれたっけ。腰の位置が高いとか、立ち耳は縁起がいいとか、ビミョーといえばビミョーな褒め方だったけど。

「ちょっと、なにやってんの？」

いきなり襖が開いた。母と妹が立っている。

「やだぁ、いい年して、お医者さんごっこ？」

亜沙美の甘ったるい声がまとわりつく。

「見りゃわかるだろ。比呂美の魚の骨がまだ取れないんだよ」

祖母が亜沙美の言葉を弾き返した。

「おばあちゃん、ありがと。もういいよ」

あたしは祖母の手をそっと上から押さえた。仏壇の前に座った母が横目でこっちを見た。

「まったく。あんたは昔からやることなすこと、ガサツなのよ。もっと行儀よく食べればいいものを。男みたいにガツガツかき込むから、骨が刺さるんだって」

そう言って、仏壇の鈴《りん》をチーンと鳴らした。祖父の位牌《いはい》に向かい手をあわせ、なにやら報告している。亜沙美も大好きなママの隣で同じポーズをとっている。

「そうだ。仏様に祀《まつ》ったお茶を飲んでも、骨が取れるっていうよ。飲んでみるかい？」

仏壇の鈴の音で閃《ひらめ》いたみたいに祖母が言った。

「うーん、もうちょっと様子見てからにする」

ありがたいけど、もういいよ、迷信シリーズは。

「いつまでもバカなことしてんじゃないわよ。あたしたちは、そろそろ帰りますからね」

母は仏壇の脇に置いたバッグの中に叔母夫婦が持ってきた香典袋をしまっている。

「それ、うちのおじいちゃんに貰ったやつだけど」

祖母は判子が入っていたケースをパチンパチン開け閉めしながら、独り言のように言った。

「あら、香典貰うのは当然でしょ。いろいろ準備したのはこっちだし、うちからの香典は置いてくんだから、文句ないわよね」

吊りあがった目が卑しく光る。

「はいはい、わかったよ。あんたが仕切った七回忌だ。あんたの好きにおし」

心底呆《あき》れたように息を吐く祖母に背を向け、母はこっちを睨んだ。

「それから比呂美。三月の頭に食事会するから予定空けときなさい。いい？　あたしは、ちゃんと今、伝えたからね、あとで『聞いてない』なんて言わせないから」

「食事会？」

「飯野さんの家族とのに決まってんでしょ。顔あわせってやつ？　向こうもご両親とお兄さんがくるみたいだから、お姉ちゃんも一応、呼んであげようかなって」

亜沙美が嫌味ったらしく付け加えたあと、母はあたしが着ているオリアンのシャツを値踏みするように見た。

「そんなペラペラした服で来ないでよね。言っとくけど、あそこはうちと違って、親も兄弟も医者でちゃんとした人たちなんだから」

「ペラペラってなんだよ」

なんでそこを突くわけ？　このシャツもスカートもあんたにバカにされたくなくて、気張って選んだっていうのに。

「ペラペラはペラペラでしょうが。なんなのよ、その胸の開きは？　ちょっと屈《かが》むとひしゃげた胸が丸見えじゃないのよ」

「ファッションのことなんてわかんないくせに口出すなって。これイタリア製のちゃんとしたシヤツだし」

母はフンッと鼻を鳴らした。

「また無駄遣いちゃって。あんたが着ると、どんな高い服でもバーゲン品のペラペラに見えるんだけどね」

「うっせーよ。人をコケにするときだけ母親ヅラすんなって――」

ダメだ、これ以上、喋ったら、あたしは決壊する。喉のあたりで言葉を押しとどめた。やっとのことで止めたのに、母の反撃が始まった。

「なんなのよ、あんたは、その口のきき方。ったく、ほんと憎たらしい。あーちゃんから聞いたんだから。あんた、ネットで中古品ばっか漁ってんでしょ。貧乏くさいったら、ありゃしない。そんな金あったら、大人として恥ずかしくないもの揃えろっての。ったく、そのネックレスいくら？　子供のおもちゃみたいじゃないの」

だから、ネックレスは地雷なんだって。あー、もう。気がつくと、ネックレスのパールを握りしめていた。

「おもちゃみたいで悪かったわね」

ネックレスを思い切り引っ張った。四方八方にイミテーションのパールが弾け飛んでいく。

「あらら」

祖母が口を開けてこっちを見ている。足もとに転がるパールを掴《つか》みとり、母に向かって投げつけた。

「なにすんのよ、いきなり」

「うっせーよ」

「やめてよ、ママに向かってなんてことすんの？」

亜沙美のドスの利いた地声が響いた。

「お姉ちゃん、頭おかしいんじゃない」

庇《かば》うようにして母の肩を抱いている。

「ママ、大丈夫？」

「うん、あーちゃん、ありがとう」

なんなんだよ、あんたたちは。いい歳してキモいんだって。ベタベタしないで、離れろって。

ちょっと待って。

この身の毛がよだちそうな気色悪さ。前にも覚えがある。

今までずっと底に沈めていた記憶が浮かびあがってきた。ずっと昔——。小学校二年、いや三年だった。

あの日、あたしは学校から走って家に帰った。先生に褒められた絵を早く母に見せたかったから。でも「ただいま」と言っても返事がなかった。お母さん、どこ？　居間のほうからブラームスだかシューベルトだかの子守歌が聞こえてきた。家にあがってドアをそっと開けると、母がソファで亜沙美を抱っこしていた。幼稚園児で赤ちゃんと呼ぶには、あまりに大きいのに、母は亜沙美の髪を優しく撫でながらおっぱいをあげていた。同じ花柄のワンピースを着てうっとりとして、あたしには気づきもしない。思わずドアの前で固まった。丸めて持っていた絵がぽろりと落ちて、笑っている母の顔が床の上で広がった。あたしはそこから立ち去った。

あのときと同じ。母も亜沙美もあのときのまま。いつだって、ふたりの世界に浸《ひた》っている。

気持ち悪っ……腹の下あたりから、ものすごい勢いで不快な塊がせりあがってきた。

ヤバッ。慌てて和室の先にあるトイレに駆け込んだ。便座をあげて、込みあげてくる塊を一気に吐き出した。手を伸ばし水洗レバーを押す。ああ、でも、また塊が逆流してくる。

「大丈夫かい?」

後ろで祖母の声がした。

「吐くだけ吐いちまいな。これで鰻の骨も取れるだろ」

下腹に力を入れた。胸のあたりで渦巻いているものを思い切り吐き出した。

「あんたはなんにも悪くない。でも、里子だって、なにも好きで、あんたにきつく当たってるんじゃないいんだよ」

ゴツゴツした手が伸びてきて背中をさすってくれる。

「膨れっ面もそっくりだけど、性格もねぇ。ふたりとも向こうっ気ばっかり強くって。そういや、里子も昔、リサイクルっていうんだっけ、質屋もどきの店に通って。あたしがみっともないって叱《しか》ったら、買ったバッグ投げつけてきたよ。あんたたち、恐ろしいほど似てっから、里子もやりきれないんだよ。その点、亜沙美はあの器量でほえっとしてるから、一緒にいるとホッとするんだろ」

そんなこと、言われなくてもわかっている。

あたしだって、自分が嫌でしょうがないもん。もしもそっくりな子が目の前にいたら絶対にかわいがれない。わかっているから……。あの女の気持ちが嫌というほどわかってしまうから、余計やりきれないんだって。

「長い目で見りゃ、あんたと亜沙美、どっちが幸せかわかんないよ。子供はね、いつかは親から離れないとダメなんだ。そっからほんとの人生が始まる。あんたさえ、その気になりゃ、今すぐにでも親離れできるんだから」

祖母の手があたしの背中をゆっくりと上下する。ゴツゴツと筋張った指は、意外なくらいあったかい。だからなんだって訳でもないけど。

涙が込みあげてきて便器にポタリと落ちた。

三章　解毒

1

頭の上で電車がホームに滑り込んでくる音がする。

「途中まで送っていこうか」

真由子は自動改札機を通ったところで振り返った。

「すぐそこやがね、大丈夫や」

志津香《しずか》はＬＩＮＥをチェックしている。駅前までダンナが車で迎えにきてくれているらしい。

本当ならこのあと、お茶をする予定だった。話したいことは山ほどあった。さっき行った名古屋のホテルでの夏海《なつみ》の結婚式についてだ。今どき三度のお色直し、ドリーム感たっぷりのドレス、新郎が勤める大手自動車会社の同僚たちの残念すぎる顔ぶれ……。なのに、志津香のツワリがひどすぎてドタキャンされた。

「いろいろ話したかったんやけど。いつ東京帰るん？」

「明日の午前中」

「そっか。せっかく戻ってきたのに、ごめんね」

「いいって。それより体、気をつけて」

「ありがと。じゃ、あたしこっちやから。また連絡するし」

ひらひら手を振って、足早に東口へと向かっていった。地元に帰ると、いつも日付けが変わるまで飲んでいた唯一の独身仲間、志津香は今、妊娠五ヶ月だ。

ほんとはドタキャンするほどツワリはひどくないのかも。でも、新婚二ヶ月だし。きっと今がいちばん楽しいときなんだよね。年に一、二回会うか会わないのかの高校の友達より、一分でも長くダンナと過ごしたいってのはわからないでもない。ラブラブ期間は邪魔しない。これぞ女の友情を続けていく秘訣《ひけつ》だ。

さて……。真由子は通路の端によって、手にした紙袋の中をのぞいた。このところ、引出物といえばギフトカタログ＋引菓子ばかりだったけど、きょうは違う。箱が重なりあっている。

さすが名古屋だがね。

薄いやつは多分、ティーバッグの詰め合わせだ。四角いのはバームクーヘンかシフォンケーキ。この無駄に大きくて軽いのは鰹節《かつおぶし》。で、いちばん小さいのはドラジェで間違いない。問題は底で横たわる長い箱だ。袋の中に手を入れ、ちょっと持ちあげてみる。それなりに重いけど、陶器ほどじゃない。ガラスな感じ？　だったら、リーデルのワイングラスがいいんだけど。とりあえず、どっかコーヒー屋でも入って、中身をチェックしよう。

階段をあがって中央口に出ようとしたときだった。肩にかけたバッグから震動が伝わってきた。急いでスマホを取り出す。ＬＩＮＥマークだ！　胸が躍る。すばやくタップする。

〈今なにしてる？〉

やった。尚樹《なおき》からだ。時間差でもうひとつメッセージが来た。

〈よければメシ↓酒でもどう？〉

あー、なんてタイミング。こんなことなら、日帰りにすればよかった。でも、待てよ。もう一度スマホを見た。四時半をまわっている。今頃になってきょうの夜の誘いなんて、いくらなんでも急すぎる。さてはあの人も誰かにドタキャンされた？

〈ごめーん。友達の結婚式があって実家に帰ってる〉

その場で返信を打った。涙マークのあとに、明日なら一日中、空いてるよと続けようとして、指がとまった。

尚樹とは三日前に知り合ったばかりだ。ＬＩＮＥで何回かやりとりしただけで、まだ彼氏と呼べる間柄じゃない。駆け引き続行中のこの時期だからこそ攻めてはダメ。ちょっと前につきあいかけた年下男にも、がっつきすぎて引かれてしまった。少しは学習して、二歳上の女の余裕を見せなきゃ。ああ、でも、わかっていても、やっぱり会いたい！　誘いたい！　湧きあがってくる気持ちをぐっと抑え、送信ボタンを押した。

〈そっかー、残念。いい日本酒の店見つけたのにな。じゃ、また連絡する〉

瞬速で返信が来た。いい感じ。こうやって少しでも惜しいと思わせるのが大切だ。ここは少し時間をおいて。二十分ぐらいしてから〈また誘ってね〉と返信しよう。

運命の出会いは気を抜いた瞬間に訪れた。森本《もりもと》尚樹と出会った日のことを思うと、頬が自然と緩んでくる。あの日、恋愛脳は完全にOFFモード。夜、ひとりご飯が嫌だったから職場の後輩に誘われるまま飲み会に行った。一軒目の記憶はほとんどない。二軒目で尚樹と向かい合わせの席になって話が盛りあがった。近くで見ると小作りだけど、整った顔をしていた。アーモンド形の目を伏せたとき、睫毛《まつげ》が意外に長くて、久しぶりにときめいた。

酒の趣味もあった。飲み会の出席者はビールか焼酎派だったけど、ふたりは日本酒派。七本槍《しちほんやり》やら鍋島《なべじま》やら陸奥八仙《むつはっせん》やら、尚樹セレクトの純米酒はどれも美味しくて、一緒に六合も飲んだ。

「なんかそうやってふたりでしっぽり飲んでると夫婦みたいッスね」

後輩にからかわれて、尚樹は「うるせぇ」とそいつの頭をはたいていたけど、口もとは緩んでいた。

「また飲みに行こうよ」

「いいよぉ、じゃ、日本酒好きの友達も連れてくるね」

「いや、ふたりで行きたい」

見つめ返してくる目が熱っぽかったのは、酔いのせいだけじゃなさそうだった。

お見合いパーティーで大手自動車会社勤務の男を仕留めた夏海のはしゃぎっぷり、志津香のドタキャンとハッピーオーラ全開の笑顔——あたしをイラッとさせる必要十分条件が揃っていても、気持ちがザワつかずにいられるのは、尚樹と出会ったからだ。三十四歳、大手IT会社勤務。その上、顔もばっちり好み。こんな好物件、めったに巡り合えない。焦らず、でも、確実にゴールまでコマを進めていかなきゃ。

真由子は踏みしめるように階段をあがった。

2

信号の向こうに古びた茶色いマンションが見えてきた。ぽつぽつと部屋に灯りがついている。横断歩道を渡り、エントランスに入っていった。不格好に伸びたパキラと安っぽいソファセットを横目にエレベーターの前まで行く。

ふと脇にある非常ドアが目に入った。あの向こうに階段がある。そういえば、最近、全然運動してないな。冬の間、続けていた駅までウォーキングはさぼりっぱなしだ。きょう久しぶりに着たワンピースも腰まわりがちょっとキツくなってる。尚樹の顔が頭をよぎる。このままうまくいけば、一ヶ月以内に、そういう関係になるはずだ。年下の男に三十六歳のたるんだ体は見せたくない。

東京から朝イチの新幹線で来て、美容院に行って着替えて結婚式に出て――さすがに疲れて足がだるい。でも、ここは気合いを入れて五階まで階段で行こう。

めったに使う人がいない階段スペースは薄暗く殺風景だった。ヒールの音がやけに響く。三階に着いたところで、ひと息つき、手に持った袋を持ちかえた。名古屋の引出物は無駄に重たい。さっきコーヒーを飲みながら、チェックしたら、いちばん重いやつはティファニーのワイングラスだった。リーデル希望だったけど、これも悪くない。表面にカットデザインがついた華奢なタイプだから日本酒を入れたりしても、オシャレかも……。そうだ、近いうちに尚樹を家に呼んで、おもてなししよう。

前につきあいかけた男もその前の男も下戸《げこ》だった。家飲みなんて、しばらくやっていない。東京に戻ったら、近所の酒屋で日本酒を仕入れようっと。つまみはピリ辛きゅうりと豆もやしのナムル、カリカリに焼いた厚揚げに鶏カラの塩ネギソースで決まり。この「必殺！ 真由子スペシャル」でこれまでふたり、男を落としてきた。尚樹の胃袋もぐっと摑まなきゃ。

「真由子さんってけっこう家庭的なんだね」

「だから〝さん〟はいらないって。真由って呼んでいいよ」

尚樹と妄想トークしていたら階段ダイエットも苦じゃない……はずだけど、四階にさしかかったあたりで息があがってきた。あと十数段。お尻と太ももの裏にギュッと力を入れて一気に駆けあがる。息を整えて、廊下の突き当たりの部屋まで行った。

「棚橋《たなはし》」。表札の下のインターフォンを押した。三十秒ほど待ってみたけれど、応答なし。郵便受けには夕刊が突き刺さったまま。出かけてんの？ 二ヶ月前の志津香の結婚式は日帰りで出席したし、正月も帰っていない。一年半ぶりの実家だっていうのに。

バッグの奥から鍵を出し、夕刊を引き抜いて家に入った。小さな天井灯がひとつついているだけで、家の中は暗く静まり返っている。

短い廊下を渡り、リビングのドアを開けた。むあっと生暖かい空気に包まれた。もう四月だっていうのに、暖房がつけっぱなしになっている。

えっ。

引出物の袋が床に落ちた。

暗闇の中、ソファに女が横たわっていた。左腕がフローリングに向かってだらりと伸びている。死後硬直したみたいにぴくりともしない。全身から血の気が引いた。

「お母さんっ」

駆け寄って細い肩を揺さぶった。カーテンの隙間から入る薄明かりで長い顔がほの白く照らされている。

「う、うーん」

狭い眉間にシワが寄り、ぱっと目が開いた。

「なんや、生きてたの」

「あぁ、帰ってたの」

ったく、紛らわしい寝方するなって。

ドアの脇にある電気のスイッチを押した。母は身を起こして眩《まぶ》しそうに目を細めている。どんだけ寝相が悪いのか、耳のうしろの毛が反《そ》り返っている。

「もー、びっくりするやないの。死んでるかと思った」

「死ぬわけないでしょ」

東京の下町出身の母は岐阜に移り住んで四十年近くになるというのに、いまだにこっちの言葉を使おうとしない。

「ベル鳴らしたんやから、ちゃんと出てよ」

こっちはまだ心臓がどきどきしているというのに、母は大きく伸びをした。

「ほんとに鳴らした？」

「鳴らしたってば」

「最近、この時間帯になるとミョーに眠たくって。すこーんと寝ちゃうのよ」

白髪まじりのボサボサの髪を掻きながら母は言った。白熱灯は残酷だ。光の下で見る母は六十一歳とは思えないほど老けている。若い頃はチャームポイントだった大きな目のまわりには深いシワ。こけた頬には親指大のシミ。しばらく会わないうちに、生まれたてのオタマジャクシみたいに小さなやつが増殖している。フルメイクで待ってろとは言わないけど、少しくらいかまってもよくないか？

「それよか、お父さんは？」

ダイニングチェアに腰をおろしながら訊いた。

「ああ、愛人のとこ」

「愛人って……」

母は血の気のない唇を曲げた。口の端にひび割れたみたいなシワが寄る。

「冗談よ。友達と会ってくるって昼過ぎに出かけていったわ。どうせまた午前さまだろうけど」

全然冗談になってないし。お父さん、まだ続いてるわけ？

父が休みの日、いそいそと出かけていくようになったのは、かれこれ二十年前だ。戻ってくるのは決まって日付けが変わってから。

大学に入って帰省したときのことだ。父が夜中にこっそり玄関のドアを開けたところで「こんな時間までなにしてんの？」と問い詰めた。父は目をあわさず「いやぁ、飲みすぎたがね」と玄関脇にある四畳の自室へするりと逃げ込んだ。

母はずっと見て見ぬふりをしている。いわゆる家庭内別居はずっと続いている。父がこの部屋で過ごすのは食事のときくらいなのだろう。積み重ねたガーデニング雑誌、デジカメ、スマートフォン、老眼鏡、飲みかけのペットボトル、ボタンの隙間にびっしりホコリが詰まったリモコン……。必要なものをずらり並べたコーヒーテーブルは、完全にひとり暮らしの女のものだ。

「これ、きょうの引出物だけど、鰹節とかいる？　あとバームクーヘンも貰ったけど」

袋から引出物を取り出して、白木のダイニングテーブルの上に並べていった。さっき床に落としたワイングラスの箱をのぞいてみると、無事だった。

「鰹節ねぇ、いらないわ。バームクーヘンも。甘いもの好きじゃないし」

母は引出物には目もくれず、ペットボトルの水に口をつけた。

「あんたが貰ったんだから、持って帰りなさいよ」

「やだよ、こんなの、かさ張るだけだし。グラスと紅茶だけ貰ってく。そうだ、バームクーヘン、たーくんのとこにでも持っていってあげれば？」

返事がない。母はなにも聞こえないみたいに水を飲んでいる。

壁際のチェストを横目で見た。木製のフォトフレームの中で零《こぼ》れそうに目が大きい男の子が笑っている。隣の市に住む兄の子供の泰斗《たいと》だ。母に孫の写真を飾る趣味はない。遊びに来た兄夫婦が勝手に置いていったんだろう。泰斗の笑顔を覆うガラスにホコリの膜ができている。

「向こうに行くのがメンドーなら、うちに呼べばいいじゃない」

「冗談じゃない。あんな子、顔も見たくない」

母の眉間に深いシワが寄った。

「あれは悪魔だわ」

「悪魔って、そんな」

「あら、そうよ。キーキー、キーキー超音波みたいな声出してうるさいったらありゃしない。五分も相手をすればもう、たくさん。どっと疲れる。この前なんて、あの子たちにひどい悪戯《いたずら》して……」

また「あの子たち」？　正面の茶色いカーテンの向こうはベランダがある。母が「あの子たち」と呼ぶのはあそこで育てている植物のことだ。

「信じられる？　お母さんが丹精込めて咲かせたオンちゃんを殺したのよ」

「誰？　オンちゃんって」

「決まってるじゃない、オンシジウムよ」

「殺したなんて……花びらむしっただけでしょ。まだ三つだし。それくらいするって」

「そんなことないわよ。光《こう》ちゃんがあのくらいの頃はあんな乱暴じゃなかった。やり方が残酷なのよ。キャキャッ言いながらグチャグチャに握り潰していくんだから。三つ子の魂なんとかってやつよ。あの楽しそうな顔を見てたら、ぞーっとしたわ」

憎々しげに眉をひそめる。兄の光治《こうじ》だって、小さな生き物に容赦なかった。トンボの羽をむしったり、蟻《あり》の巣を見つけては水責めするのは序の口。カエルにストローで空気浣腸《かんちょう》をしたり、ザリガニをバラバラに分解したり……。母がそれを知らないのは、兄が裏表の激しい性格だったからだ。

「あの子たち、花屋で出会ったときは、すごく弱ってて。二百円引きで隅のほうに置かれてたのよ。でも、あれは運命ね。あたしと目があってビビッときたの。〈ママ、あたしを見捨てないで〉って言ったから、迷わず買ってあげたのよ」

植物は喋んないって。それは擬人化？　それとも本気で思ってる？

「見てよ、これ。オレンジの蝶々《ちょうちょ》みたいでしょ」

母はうずたかく積んだ雑誌の上からデジカメを取って、花盛りだった頃のオンシジウムの写真をこっちに向けた。

「こんなにかわいかったのよ。毎日毎日、必死に面倒見たわ。アンプルを差して、固定肥料を埋め込んで、その甲斐あってたくさん花を咲かせたっていうのに、それをあの悪魔が……」

「だから、悪魔なんてやめなよ。孫でしょ」

「孫だからなんだっていうのよ。好きであんな子のおばあちゃんになったわけじゃないわ」

実家に帰るたびに「孫の顔を見るまでは死ねない」と、母親からプレッシャーをかけられる友達は多い。それはそれで、しんどいんだろうなとは思う。でも、うちみたいに無関心すぎるのも辛い。というか淋しい。母は娘の将来にはなんの興味も示さない。結婚、出産、子育て……。その先にある幸せを少しも信じていない。心を占めているのは「あの子たち」のことだけだ。

母が植物を溺愛し始めたのは父方の祖母が亡くなってからだ。伯父夫婦から、祖母が丹精込めて育てていた杏《あんず》の鉢を押しつけられたときは不機嫌だったのに、枯れかけていた木の花を咲かせたことがよっぽど嬉しかったのか、「植物は裏切らない。愛情をかけた分だけ応えてくれる」と有り余っているエネルギーを植物に注ぎ始めた。あれから六年。会うたびに、植物愛が激しくなっていく。

「そういえば、晩ご飯は食べた？」

たいして腹が減っているわけではない。母を現実に引き戻したいだけだ。

「去年はね、あんまり花をつけられなかったのよね、今年はがんばっていっぱい咲いたのに花びら引きちぎられて、すごく痛かったよねぇ――」

さっきまで愚痴っていた母はいつの間にか写真のオンシジウムに話しかけている。

「ねぇ、お母さん、聞いてる？」

「え、なんか言った？」

ようやくデジカメから顔をあげた。

「だから、晩ごはん食べたかって」

「ああ、お昼にカップラーメン食べたきり」

「なんかあっさりしたものつまみたいんだけど。きょうの式、フレンチのコースだったけど、すごっいスピードで次々に出されてさ。食べた気になんなかったし」

「お刺身ならあるよ。食べる？」

「うん」

母は名残惜しそうにデジカメをコーヒーテーブルに置いた。「よっこいしょ」と膝に手をおき腰をあげた。たかがソファから立ちあがるだけなのに、動きが恐ろしくのろい。

えっ。

母の背が三十度くらい折れ曲がってる。

「ちょっとお母さん、背中」

「は？」

「ヤバいよ、曲がってるって」

母は眉をひそめた。

「なに言ってんのよ」

のそのそと前屈みに歩く姿は十歳ぐらい老けて見える。

「手伝おうか」

「いいから」

ぶっきぼうに言い捨てて、母はキッチンの奥に行く。トレイに茶碗《ちゃわん》によそったご飯を載せ、冷蔵庫のドアを開けている。

「そんなにいっぺんに持ったら危ないってば」

腋《わき》の下にペットボトルをはさんでこっちに来た。

「だって面倒じゃない、行ったり来たりするのって」

「十歩も歩かないくせに」

だいたいなんでペットボトル？　お茶くらい、温かいのを淹《い》れてよ。

「あたし、手を洗うから」

シンクにまわると、箸が刺さったままのカップラーメンの残骸が置いてあった。あとは洗い桶《おけ》にマグカップが沈んでいるだけ。なにも入っていない三角コーナーには茶色い汚れがこびりついている。

手を拭きダイニングチェアに腰をおろすと、母がこっちを見た。

「用意できたわよ」

「できた……って？」

テーブルの上にはペットボトルとプラスチックのケースに入ったままの刺身の盛り合わせ。あとはご飯しかない。

「これだけ？」

茶碗の縁が欠けている。盛られたご飯は水気を失って、黄ばんでいる。これっていつ炊いたのか。何時間、保温し続けたら、こんな色になるのか。そもそも、これを人に出すか？

「お刺身、せめて皿とかに移せば？」

母は娘の苛立ちに気づきもしない。刺身パックをおおっていたラップにへばりついている醤《しょう》油《ゆ》とわさびのパックをはがし、プラスチックの蓋の上に垂らした。

「わざわざお皿出しても、あとで洗うの大変なのよ」

「大変って……」

意味わかんない。娘のために皿一枚出せないなんて。

昔から料理が上手い人ではなかった。でも、あたしがこの家で暮らしている頃は、刺身をパックごとテーブルに並べたりはしなかった。下手は下手なりに、煮物や酢の物を作って一緒に並べ、季節を感じる器にきれいに盛り付けもしていたのに。

「こんなの、食べる気しないし」

テーブルに置いた箸の先は潰れ、朱色の塗りがところどころはがれている。

「なによ、急に」

母はきょとんとしてこっちを見る。

「なによもクソもないわよ。なんなのよ、これ」

ふたりで食事するのなんて、一年にいっぺんあるかないかなのに。貴重な母娘の晩餐《ばんさん》がこれ？　なんで、あなたはそんななの？「お帰り」とも言わない。娘の近況を聞こうともしない。口を開けば、植物のことばっか。

「そんなに大きい声出さないでよ。刺身のなにが不満なの？　ご馳走《ちそう》って言ったらフツー刺身かステーキでしょうが。七百八十円もしたっていうのに」

母はタコを箸でつまむ。即席のプラスチック皿の醬油に浸し、まるごと口に入れた。つけすぎた醬油がテーブルの上にポタポタ垂れる。

「おいしい。あんたも食べなさいよ。ほら」

そう言って、プラスチックの皿を差し出してくる。

「だから、そういう問題じゃないって」

「じゃあ、どういう問題よ」

「せめて、お吸い物ぐらい作ったらどうよ」

母は笑顔で頷いた。

「あら、だったらそう言ってよ。あるわよ」

「あるの？」

「永谷園の、松茸のが」

もう、いいって。

「どうしたのよ」

母の声が尖《とが》った。

「だから、いらないっ」

「なんなのよ、あんたが食べたいって言ったから、用意してあげたのに、なにが気にくわないっていうのよ」

全部だよ。怒鳴《どな》るかわりに立ちあがった。勢いあまって椅子が床に倒れた。

3

煤《すす》けたカーテンの隙間から白い光が射し込んでくる。枕もとに置いてあったスマホを見た。

七時二十五分。

布団が湿っていて重い。このカビ臭い枕カバー、いつ洗ったんだろう。おかげで昨夜は寝つきが悪かった。頭の芯がじーんと重い。ベッドに横たわったまま、六畳の部屋を見回した。クローゼットの前にはホコリをかぶった扇風機と金具がはずれたハロゲンヒーター。ご丁寧に扉を塞ぐように置いてある。地デジの映らないブラウン管テレビ、これまた段ボールで塞がれて三分の一しか見えない木枠の姿見、ＭＤコンポ……。

十八歳の頃まではここが世界でいちばん落ち着く場所だった。でも、今は違う。こうして不用品に囲まれていると、自分まで用済みになったみたいないじけた気分になってくる。

窓ぎわの勉強机には段ボール箱が二つ、重ねてある。サインペンで書かれた右あがりの字は母のものだ。「光治・本」。中には赤本や参考書がぎっしり詰まっているんだろう。あんなもん、さっさと捨てればいいのに。

父がこのマンションを新築で買ったのは、あたしが中二のときだった。家族四人で３ＬＤＫ＋納戸はちょっと手狭だった。でも、母が「ここしかない」と譲らなかった。成績優秀な兄が名古屋の予備校に通いやすいようにと、岐阜駅に近いこの場所にこだわったのだ。ちょうどその頃、学校で「孟母三遷《もうぼさんせん》」という言葉を習った。孟子《もうし》のお母さんが、教育のために三度も引っ越しをしたってやつだ。

今じゃ見る影もないけれど、母も昔はプチ孟母だった。父が出世できないのは高卒だからだと決めつけていて、デキのいい兄はなんとしても一流大学に入れると張り切っていた。兄が名古屋の有名予備校に通い始めると、駅まで徒歩十分、そこを毎日車で送り迎えをし、欠かさず夜食も作っていた。「光ちゃん、光ちゃん」と朝から晩まで、兄のことばかりかまっていた。あたしにかける言葉といえば文句だけ。「光ちゃんの爪のアカでも飲んで少しは勉強したら？」「どうして同じ兄妹なのに、あんたはそんなにバカなの」

でも、本番に弱い兄は「合格確実」と太鼓判を押されていた旧帝大に入れなかった。次こそは……と再チャレンジ、再々チャレンジしたけれど、撃沈。地元の二流私大に入った。

兄が二度目の受験に失敗した頃から、母は変わっていった。フツーなら、ここであたしに肩入れするはずだけど、あたしは本業はおろそかで恋愛偏差値を上げることばかりに夢中になっていた。母も手塩にかけた兄の挫折で疲れ果て、その気力は残ってなかった。食卓にレトルトのカレーやお惣菜《そうざい》が並び始め、トイレや風呂には汚れが目立つようになっていった。母は燃え尽きたように妻や母であることを放棄した。

それにしても……。昨夜の夕飯はひどすぎる。プラスチックの蓋に醤油を垂らして差し出してきた母の姿を思い出しただけで、怒りが全身をめぐる。せっかく、久しぶりに帰ってきたのだ。たった一晩、もてなすこともできないのか。それとも三十六歳になっても、まだもてなしてほしいと思うあたしがいけないのか。

どっちにしても、この家にあたしの居場所はない。さっさと東京に帰ろう。フンッと腹筋に力を入れベッドから起きあがった。

リビングのドアを開けると、父がテーブルについて新聞を読んでいた。額《ひたい》がまた広くなっている。

「おう、帰っとったか」

こっちを見て軽く笑った。深いシワが目尻を覆う。

「久しぶりやな。元気しとったか」

「まあね」

「何時に帰るんか?」

「あと一時間くらいしてから」

「なんや、もっとゆったりしていけや」

「いても、別にすることないし」

テーブルの上には袋に入ったままの食パンとマーガリン、食卓塩にペットボトルの紅茶が置いてあった。この家では皿を使わない決まりでもあるのか。マグカップの脇に小さなL字型のパンの耳が置かれている。

「なんでまた午後ティー飲んでるの?」

「すまん、まだ午前やったね」

全身から力が抜けた。

「お母さんは？」

父は立てた親指を後ろに向けた。

またあそこ？　窓際に行き、風で揺れているレースのカーテンを開けた。

なにこれ？　ベランダはジャングルと化していた。青臭い匂いがむあっと漂ってくる。

鉢、鉢、鉢、鉢、鉢、鉢、鉢、鉢……。

三畳ほどの空間に数えきれないほどの大小の植物がひしめいている。ユーカリ、サボテン、カポック、ジャスミン、オリーブ、クリスマスローズ、シマトネリコ、アイビー、モミジ……。あとはもう名前もわからない。

たった一年半の間にありえないくらい鉢が増えていた。端っこに置かれていた物干しスタンドは姿を消し、鉢を置いていないわずかな空間には、プラスチック鉢やスコップ、薄汚れた軍手、萎《しぼ》んだ花びらや土の塊が散らばっている。

「大丈夫、今、栄養ドリンクあげるからね。あともうちょっとで元気になるよ。ほぉら、下のほうから青い葉っぱがちゃんと出てきてるから。ママと約束だよ。また前みたいにきれいにいっぱい咲けるよね」

母は植物の中に埋もれるようにしてしゃがみこんでいる。こんなに近くにあたしが立っているというのに振り向こうともしない。曲がった背を向けたまま、枯れた花に向かって猫撫で声で話し続ける。

「はーい、いい子ねぇ。いっぱい食べて早く大きくなるのよ」

やめて。ぞわっと鳥肌が立ってきた。

今の言葉――。いつだったか、うんと昔――。食べきれないくらいの朝ごはんを前に母は兄にまったく同じことを言っていた。

「ここは東向きやからな。陽が射しこむ時間帯はずっとあの調子やがな」

父はもはやベランダを見ようともしない。L字型のパンの耳を口に放り込むと、なにかを諦めたように薄く笑った。

「朝メシ、パンしかないけど、腹減るから食っていけや。さてと……」

ダイニングテーブルに手をついて立ちあがると、新聞を脇に抱え、父は自分の部屋へ消えていった。

4

小さなキッチンには尚樹おすすめの一枚、グローヴァー・ワシントン・ジュニアの「ワインライト」が流れている。真由子は目の前のワイングラスに日高見《ひたかみ》を注いだ。

「おう、ありがと」

尚樹はピリ辛きゅうりと豆もやしのナムルを少しつまんでワイングラスを傾けた。切れ長の目が心なしかトロンとしてきた。テーブルの真ん中に置いた日高見の四合瓶は残り半分以下になっている。

「水を間にはさむと、悪酔いしないよ」

ミネラルウォーターをグラスに注いで渡すと、尚樹は喉仏をぐびぐび上下させながら旨そうに水を飲んだ。ブルーのシャツの胸もとからのぞく小麦色の肌は劣化知らず。どこまでもなめらかだ。

「ほんとだ、水飲むと、なんかいい感じでリセットされるね」

そう、ここでへべれけになって、爆睡されたりしたら、せっかくの段取りも台無しだ。お腹がそこそこ膨れてきたところで、隣の部屋に移る。で、アンティークなちゃぶ台で一、二杯飲んで、背もたれにしているベッドへとなだれ込む。四月に出会ってきょうまで、百万回くらいイメージトレーニングしてきた。

あれ？　テーブルの下で、尚樹の足先がふくらはぎに触った。偶然？　いや違う。すべすべの親指がふくらはぎを味わうように撫でている。酔っているからか、足先まで火照《ほて》っている。このまま、足を絡めようか。いや、まだ早い。つまみだって半分以上、残っているし。そっと足を離して、塩ネギソースがたっぷりかかった唐揚げをひとつつまんでみた。美味しい。ソースの隠し味に昆布茶をちょこっと入れたのがよかった。いい感じで和テイストに仕あがっている。尚樹もつられて唐揚げにかぶりつく。

「これ、ほんとうんまいね。酒呑みにはたまらん味付け。こういうのチャチャッと作れるのって、マジ尊敬するし」

おしっ。尚樹の胃袋は完璧に摑んだ。でも、おごれる女は久しからずだ。ここは控えめに微笑んでおこう。

「よかった、自信なかったんだけど、気に入ってくれて」

唐揚げは駅前スーパーで調達したことはこの際、ナイショ。塩ネギソースは正真正銘オリジナルだし。

「炭水化物ないけど、お腹足りる？　焼うどんとかも作れるけど」

「焼うどんかぁ、ナイス。じゃ、あとで作ってもらおうかな」

「あとで」って、ここにある皿が空いてからってこと？　それとも、めでたく事をいたして、まったりしたあとのお夜食ってこと？

ま、どっちでもいい。きょうはお泊まりしてくれるみたいだし。夜は長い。いつでも作りますよ、焼うどん。尚樹は、六等分にした厚揚げをひとつ頰張った。

「これもうめぇ。真由子バル、チョー気に入った」

「ほんと？」

だったら、いつでも遊びにきてきて。自分の家みたいに使って。右なめ四十五度の決め顔で尚樹に微笑みかける。

「うん、地に足着いてるっていうか、いい感じで生活感あるっていうか。てか、ここ家賃いくら？」

「え、ああ、七万五千円だけど」

「そうなん？　それ安くね？　駅近でこの広さで？」

四畳のキッチンとそれに続く六畳の洋室を値踏みするみたいに見回している。

「うん、築年古いし。尚樹くんのとこはいくら？」

「うち？　1Kで七万ジャスト。ま、Kって言っても、こんな広くなくて猫のデコ並みの広さだけど」

「中目《なかめ》だったっけ？」

「駅から死ぬほど歩くけど、一応ね」

「いいな、東横《とうよこ》線、オシャレで」

中目黒《なかめぐろ》駅から徒歩十五分ってとこか。どんな家だろう。次は尚樹の家で飲むのもいいかも。

どういう訳か、昔から男とつきあっても、なかなか家に呼んでもらえない。向こうは好き放題にやってきて入り浸るくせに、こっちが「行きたい」と言うと、なんやかんや口実を作ってうやむやにされてきた。そうこうするうちに「ごめん、他に好きな人ができた」とか言って男は去っていく。

でも、尚樹は違う。この人は今までの男みたいにすぐ手を出してこない。これってちゃんと「本命」として扱ってくれているなによりの証拠だ。

「でも、家賃が七万五千円なら、貯金もけっこうあるよね」

「え？」

「ねぇ、いくらくらい持ってんの？」

ワイングラスを傾けながら、尚樹は微笑んだ。いきなりですか。人の懐《ふところ》事情を探るのが三度のメシより好きな比呂美でも貯金の話をこんなさらりと切り出せない。

「えー、全然だよ。少なすぎて言えない。給料の三分の一近くは家賃で消えるし」

テーブルに肘をついた尚樹はこっちを見ていたずらっぽく笑った。

「またまたぁ。家賃が月収の三分の一ってのは、逆盛りしすぎだって。三鴻《さんこう》商事っていえばチョー大手だろ。住宅手当もあるだろうし、その年なら、年収七百万くらい貰ってるっしょ」

「そりゃ、社員だったらね。でも、あたし、派遣だし」

「ハケン？」

唐揚げの皿に伸びようとしていた尚樹の箸が一瞬止まった。

「マジで？」

「あれ、あたし言わなかったっけ？」

「いや、聞いてない。飲み会でもすっごくみんなと馴染《なじ》んでたし」

「そっか。あたし態度デカいし、年齢的にはお局枠《つぼね》だからね」

おどけたつもりだったけど、尚樹はかすかに口角をあげただけだった。気のせいだろうか。気のせいであってほしい。ついさっきまで流れていた甘やかな空気が一瞬のうちに萎んでしまったような……。

「それこそＴＬＳソリューションは大手だから、尚樹くんはがっつり貯めてるんじゃないの」

尚樹はこっちを見ない。ワイングラスに日高見を注ぎ足しながら言った。

「いや、ほぼゼロ。俺、エピキュリアンだし。あればあるだけ使っちゃう派。可処分所得１００％なんだよね」

だから、小金を貯め込んでいそうな年上女に接近してきたわけ？　あたしが正社員でなくて当てがはずれた？　これじゃ旨味なさすぎ？

いや、いくらなんでも深読みしすぎだ。

日高見を引き寄せて、自分のワイングラスに注いだ。尚樹は黙って、皿に残った厚揚げを突いている。

なんなの、この沈黙は？

ほんの十五分前には手酌《てじゃく》しようとすると、あたしの手から優しく瓶を奪って注いでくれたのに。テーブルの下でまたふくらはぎに尚樹の足先が触れた。でも、一瞬だった。尚樹は反射的に足をひっこめた。

なんでさっきみたいに触ってくれないの？

まさか、あたしのこと避けたんじゃないよね。顔をのぞき込むと、尚樹は目を逸《そ》らした。いや、これはきっと気のせい。

5

網戸の向こうから近所の子供がはしゃぐ声がする。あの甲高《かんだか》い声の感じだと幼稚園児ぐらい？追いかけっこでもしているのだろうか。さっきからパタパタと小さな足音が飛び跳ねている。元気だよなぁ、子供って。

まだ五月だというのに、きょうは朝からやたらと湿度が高い。嫌になるほどムシムシする。肩近くまで伸びた髪をちゃぶ台の上にあった黒ゴムでキュッと縛った。あ、きた。ＬＩＮＥの通知音が部屋に響く。

振り返って、ベッドの上のスマホを摑んだ。急いで画面を開く。なんだ、またか。きょう二通目の広告ＬＩＮＥ。いい年して、スタンプ欲しさに飲料メーカーを「友達」に追加なんてしなきゃよかった。

大きな溜《た》め息ひとつ吐いて、尚樹とのトークの履歴を見た。

〈旨い日本酒、友達に貰ったよ☺　飲みにこない？〉

昨日の夜八時すぎに既読マークがついている。あれから二十時間近く経つのに返信はなし。出会って一ヶ月半。尚樹とはつかず離れずっていうより、かなり離れている。GW前に一度家に来て、なんとなくお義理な感じでセックスしたけど、それからずっといまいちな感じ。GW中は実家のある大分に帰るとかで、ほんとんど相手にされなかった。そのあと、二度約束をとりつけたけど、一度はドタキャン、もう一度は完全友達モードの外飲みで終わった。ほんとは旨い日本酒なんて貰っていない。新政《あらまさ》の亜麻猫《あまねこ》を近所の酒屋で千六百円も出して買った。完全に劣勢。自作自演できっかけでも作らなきゃ、誘う口実が見つからない。

ふと見ると、太ももに蚊がとまっている。網戸をすり抜けて入ってきたのか。そーっと手を近づけた。蚊は気配に気づかない。小さな腹がぷぅーと膨れている。ふざけんな。パチンと叩き潰した。手のひらには蚊の死体と赤い血。ティッシュにくるんでゴミ箱に放った。

なんかもう、やってらんない。ベッドに寄りかかって、天井を見あげた。なんで返信がこないわけ？　今回はいつもと違って、うまくいくと思っていた。なのに、どうしてここにきて……。やっぱあたしが貯金なしの派遣社員だから？　いや、尚樹はそんなことで、女を判断しない。きっと仕事が忙しいんだ。そうに違いない……。

せっかくの休みだっていうのに、なにもする気が起きない。部屋の掃除はしたくない。本を読むのもいまいち。音楽も聴きたくない。テレビを見てもどうせつまんない。でも、ヒマで死ぬよりはマシか。手もとのリモコンを押し、チャンネルを変えていった。

情報番組で見慣れぬおかっぱの女が喋っている。目も鼻も唇もすべてが大きくてじゅうぶん派手なのに、どぎついピンクのスーツ。しかも首輪みたいにでっかい金のネックレスをつけている。見ていると目がチカチカする。

「最近、毒母って言葉をここかしこで聞きますよね。わたしのとこにも『うちの母が毒母でずっと苦しめられてきました』とカウンセリングに来る人はたっくさんいます。この毒母のルーツを辿ると、スーザン・フォワードの『毒になる親』という本に行きつきます。本来的には病的レベルで子供を精神的、肉体的に虐げている親たちのことなんですよね。わたしとしては、いたずらに『毒母』という言葉は使いたくありませんが、ありえないくらい支配したり、逆に徹底的に無視したりして、娘たちを傷つける母親はたっくさん存在するわけで。その結果、娘たちは毒がまわっているような苦しみや辛さを味わっているという事実は見過ごせません」

画面下にテロップが出ている。〈上条眞理子　精神科医　1970年生まれ。恵和《けいわ》女子大学心理学部准教授。現代心理学会会長。『消えてください！　お母さん』が四十万部を超えるベストセラーに〉

リモコンで音量をあげた。

「残念ながらこの手の母親たちは自分の毒には無自覚なんです。だから娘たちは自分で毒抜きしていくしかないと思うんです。ここ、大事なところです。それこそが母親の支配から抜けて『大人になる』第一歩なんです。そんなわけで、わたしの本のタイトルにもした『消えてください！

お母さん』は、母親への呼びかけじゃないんですよ。娘たちが自分の中の母親を消すための呪詛抜きの言葉なんです」

上条眞理子がそこまで話したところで、ピンポーンという音が鳴った。画面の右下に番組キャラクターのカピバラが映し出された。

「はい、お話の途中ですが、ここでキャピバラくんの登場です。きょうは、いつもに増して、ほんとにたくさんのメールやツイッターをいただいておりまして……。ここで少し紹介させてくださーい」

司会の局アナが視聴者の声を代読し始めた。「上条先生がおっしゃるように、世の中、本当に毒母ばやりですね。うちの母は、いわゆる毒母というほど強烈ではありません。でも、わたしの幸せを邪魔しているように思えてなりません。彼氏を紹介しても、文句ばかり。別れた父を引き合いに出して、『あの人、いい加減そうなとこがお父さんそっくり。ロクなもんじゃないわ』などとあからさまに非難します。前の彼のときも同じでした。母といると一生結婚できないんじゃないかと不安です――。埼玉県さいたま市大宮区にお住まいのA子さん、三十四歳からのメールです。上条先生、いかがでしょう。実際、A子さんみたいに毒母とはいかないまでも、母親の存在を重たい、しんどいと感じている人はものすごく多いみたいなんですが――」

わかりますわかります、と大きく相槌を打っていた上条眞理子がひと呼吸置いて話し始めた。

「そうですね。たしかに致死量レベルではない微毒をふりまいている母親はたっくさんいます。

でも、微毒といっても侮《あなど》れません。気がつけば、体中にまわり娘たちは息苦しさや生きづらさを感じてしまうんですから」

ベランダにうずくまっていた母の姿が浮かんできた。あの人も微毒持ち。人に相談するほどの毒はふりまかない。でも、母親廃業で無関心、無気力、無感動なあの人と一緒にいると、娘としてはやりきれない。耐えられないってわけでもないけど、けっこうしんどい……。この上条っておばさん、意外にいいことを言うな。気がつくと前のめりになっていた。

「この手の重たい母親が生まれる背景として考えられるのは、まず、母親自身が心理的に満たされず、無気力になっているってこと。もうひとつ家庭において父親の存在感がないっていう二点があげられます。要するに自分が歩んできた人生に嫌気がさしているんですね。そんな母親が無意識のうちに投げつける呪いは、娘の人生や恋愛に大きく影を落としてしまうんです」

「呪い……ですか？　なんだかすごく物騒ですね」

司会の局アナは大袈裟に眉を寄せた。

「ええ。呪いとしか言いようがない。ここ、大事なところなので、繰り返しますが、母親のほうは全然、悪気はないんです。同性である娘を同一化し、知らず知らずのうちに自分と同じ考え方を娘に押しつけてしまう。でも、母親の呪いを聞かされて育った娘たちは、たまりませんよね。『結婚なんてロクなもんじゃない』とか『お父さんは裏切ってばかり』とか、刷り込まれた娘たちは、やはりどこかで男性に不信感を持ってしまう。その結果、彼を必要以上に束縛したり、逆にこれでもかっていう――」

足もとでスマホが鳴った。ＬＩＮＥじゃなくて電話だ。実家の番号が表示されている。なんで？　めったなことじゃかかってこないのに。誰か死んだ？　通話ボタンを押す指に力が入る。

「もしもし」

「……」

「もしもし」

「ああ、お母さんだけど」

覇気のない声が聞こえてきた。なんだよ。拍子抜けしつつも、緊急事態じゃなくてよかったとどこかでホッとしている。

「なによ、突然？」

上条眞理子は画面の中で内なる母の呪いについて喋り続けている。子供の頃は母親の言うことは絶対です。でも、大人になればわかるはず。母親だって不完全な人間だと。母親が発する呪いは、愚痴や不満の裏返しにすぎないと認識することが大切です。なるほどね。リモコンで音量をさげた。

「きょうの夜、そっち行くから」

「は？」

「だから、あんたの家に行きますよ、って言ってんの」

キレ気味で言い返してくる。それが人に物を頼む態度か。

「そんな急に言われても。なんで当日の昼にかけてくんの？」

「こっちだって急に決めたの。明日、浅草《あさくさ》のお富士さん行くから」

「てか、話見えないんやけど。なんで浅草で富士山なん？」

「富士山じゃなくて、お富士さん。知らないの？　浅間《せんげん》神社でやってる植木市でしょうが」

世間の常識みたいに言うけど、知らないし、そんなの。

「こっちじゃ手に入らない、いい苗がいっぱい出るのよ。明日、始発で行くつもりだったけど、ドタバタするし。陽がかげってきてあの子たちに水をあげたら、家を出るから」

あの子たち――実の娘よりずっと大切な母の生きがい。それにしたって、植木市なんて。今だってベランダはぎっしり植物で埋まってるのに、まだ増やすつもりなのか。

「ちょっと待ってよ、こっちにだって」

「用事あるなら、出かけていいから。スペアキーあるでしょ。郵便受けに入れておいてくれたら、勝手に入るわ。ご飯もいらない、寝るだけでいいから。じゃ、駅に着いたら電話する。下落合《しもおちあい》よね？」

「そんな勝手に――」

こっちの返事もロクに聞かず、電話は切れた。なんなの？　娘の家、いったいなんだと思ってんの？

聞き慣れたニュースのオープニング曲がテレビから流れてきた。ってことは、もう十一時半か。母はまだ来ない。「ご飯もいらない、寝るだけ」って、昼に電話で言ってたけど、素泊まり感覚でうちを使う気だ。

スマホで植木市のサイトをもう一度開いた。

――「お富士さんの植木市」は富士山の山開きに由来して、毎年、五月と六月の最終土曜日と日曜日に行われます。東京では最大級の規模のもので、全国の植木商が、浅間神社周辺に集まります。おりしも入梅の時期で、植木を移植するのに最も適しており、昔から「お富士さんの植木市」で買った木は良くつく、と言われています――

沿道にずらりと並ぶ植木鉢を吟味している人たちの写真が載っている。植物好きにはたまらないイベントなんだろうけど、わざわざ岐阜から上京してくるか？　娘の大学の入学式にも来なかったくせに。

もともと母は両国《りょうごく》育ちだけど、叔父夫婦とは反りが合わず、二十年ほど前に祖父母が死んでからというもの、ほとんど実家に寄りつかない。昔の友達に会うってわけでもなさそうだし。ただ植木市に行きたいだけ？　ほんと行動が読めない。

しっかし、遅いな。電話してみようかと思ったちょうどそのとき呼び鈴が鳴った。のぞき穴を見ると、いつもの化粧っ気のない母がいた。なんで直接、来るわけ？

ドアを開けると、グレーのニットに黒いパンツ姿の母が立っていた。やっぱり背中、曲がってるし。

「どうも」

荷物はキャンバス地のトートバッグだけ。手土産に玉井屋本舗《たまいやほんぽ》の登り鮎《あゆ》を期待していたあたしがバカだった。

「駅に着いたら電話くれるんやなかったっけ？」

「地図で見たら、駅からまっすぐだったから」

初めて来た娘の家なのに、母はろくに部屋も見ない。奥の六畳にズカズカ入っていって、ベッドの前に腰をおろした。

「お茶でも飲む？」

「そうね」

気のない声が返ってきた。ヤカンを火にかけながら思った。そういえば、母がお茶を淹れてくれた最後はいつだったろうか。実家じゃペットボトルのお茶しか出て来ない。

「家にあんなに植物あるのに、今さら植木市に行って何買うの？」

キッチンから声をかけた。母はトートバッグからスマホを出して、なにやら検索している。

「テイカカズラ」

「テイカ？　変な名前」

母はスマホから目を離した。

「なに言ってんの。藤原定家の『テイカ』よ。あの人が、死んじゃった恋人の式子内親王を忘れられなくて、カズラに生まれ変わって、お墓に絡みついたって伝説があるんだから。白くてね、ちっちゃな星形のかわいい花が咲くんだけど、芯が強いっていうか、すごい繁殖力なの。そのギャップがまたいいのよ。あれをベランダの柵に絡ませたら、ステキだなあと思って――」

また始まった。淹れてあげた玄米茶を持っていってもお礼ひとつ言わず、憑《つ》かれたように話す。母の前に腰をおろした。いつもはどんよりと曇った目が異様なくらい輝いている。

「カズラといえば、ゲンペイカズラもいいわね。白い釣鐘みたいながくの先っぽに赤いちっちゃな花が咲くんだけど、白と赤のコントラストがたまんないの。それをね、源氏の白旗、平家の赤旗に見立てて源平。昔の人って、ほんといい名前つけるわよねぇ。今の――」

延々と続く母の話を遮るようにＬＩＮＥの通知音が響いた。テーブルのスマホを素早く取った。やった、ついにきた。待ちに待った返信だ。

〈へぇー、日本酒って何？〉

日本酒好きの尚樹だもの、そう訊いてくると思ってた。最初に銘柄を教えなくて大正解。よかった。まだ脈はある。文字を打つ指が弾む。

〈新政　亜麻猫だよ☆〉

〈いいねぇ〉

速攻で返ってきた。立て続けにもうひとつ。

〈明日の夕方とかどう？〉

おしっ。欲しかったひと言、いただきました。

〈いいよ。何時にする？〉

すぐに打ちたいところだけど、即レスはがっつきすぎだ。もうちょっと経ってからにしよう。

「ちょっと、人が話してるのに、あんた、なにしてんの？」

「あ、ごめん」

母はあたしの手の中のスマホをじーっと見ている。

「もしかして彼？」

「そうだけど」

その途端、母は大きく息を吐いた。

ちょっと待って。ここ、落胆されるところだっけ？　なんで婚活中の娘に彼氏ができたことを喜んでくれないわけ？

「明日の夕方、うちに彼氏が来るんだけど、せっかくだから会っていかない？」

なに言ってんだろ、あたし。口をついて出た言葉に戸惑っていた。母に尚樹を紹介するなんて微塵《みじん》も考えてなかったのに。

「なんで会わなきゃいけないの？」

そんな嫌そうな顔して言わなくても……。

「なんでって、フツー娘が真剣につきあってたら、会うでしょ」

喋りながら気がついた。そう、あたしはこの人に、少しでいいから母親らしいことをしてほしいんだ。ずっと眠ったままの母性を揺り動かしたい。もう一度、母の目を見て言った。

「ねぇ、会ってよ」

「そんなこと急に言われても」

母は迷惑そうに眉をひそめる。こうなったら、意地でも尚樹に会わせてやる。込みあげてくる怒りを抑えながら、笑顔で言った。

「別にもう一泊ぐらいしてもいいじゃない。そのゲンペイカズラっていうのも、見てみたいような気がするし、それに――」

「ダメよ」

低く野太い声があたしの言葉を遮った。

「明日は早く帰って、あの子たちに水あげなきゃ」

「水やりなんて、そんなのお父さんに頼めばいいじゃん」

「あんな人に任せられるわけないじゃない。あの子たちは、あたしがいないとダメなの」

「やめてよ、あの子たちなんて言うの」

「なんで？　あたしがいなきゃ、あの子たちは生きていけないのよ。あたしが育ててるんだもの、あたしの大事な子供なの。この時期はあの子たちにとって最高の季節なのよ。みんな一日が一ヶ月くらいの早さでぐんぐん大きくなっていくの。ふたりと同じ育ち方をする植物なんていないのよ。その成長を一日も欠かさず、見守っていきたいじゃないの。カズラちゃんだって一刻も早くうちのベランダに連れて帰らなきゃ」

ダメ。ベランダに戻っちゃ。そうやって、すぐ自分の世界へ逃げ込む。植物はあなたの子供じゃない。ここにいるあたしがあなたの子供なんだから。そりゃあたしは一〇〇%期待に沿える娘じゃないかもしれない。二流の大学を出て、ずっと派遣ＯＬ。きれいに花開いた人生とは言えないし、人にも自慢できないかもしれない、でも、あたしはあたしなりにがんばって生きている。だから、目を逸らさないで。ちゃんとリアルな世界に生きてよ。

「お母さんはリアルな娘のためには半日だって時間を割けないっていうの？」

「あんたはもう大人でしょうが。勝手にやって」

三十六になったら、もう娘じゃないっていうの？　いや、十六のときだって、あなたは母親らしいことしてくれなかった。だから、あたしは満たされない。チャラチャラしているように見えても、いつもなにかを求めている。どこかに穴があいてるみたいにずっと淋しい。

「いくつになっても、娘は娘だってば」

部屋中に響く声を出していた。母はまた溜め息を吐く。

「なに、怒ってんのよ。いつまでもバカなこと言ってないで。うちのベランダはあたしの聖域なの。お父さんみたいな他人には絶対に踏み込ませたくないの」

「他人って……」

「夫婦は他人の始まりよ。あんな人、これっぽっちも信用できないし」

手もとでスマホが鳴った。またＬＩＮＥ。尚樹からだ。

〈ごめん。手帳見たら、別の予定入ってたわ〉

ウソでしょ。

深くて暗い穴の中へ突き落とされたみたいに、体が沈んでいく。ありえない。本当にいい加減な男。手帳なんて見てないくせに。この五分の間に別の女から、もっと大切なアポが入ったんだ。もう一度、通知音が鳴った。

〈また連絡するし〉

こんなメッセージ、いらない。気休めの言葉は拒絶より残酷だ。胸の下あたりが捩《ね》じられたみたいに痛い。

終わった。尚樹からもう連絡はこない。額のあたりに湿った視線を感じた。顔をあげると、母と目があった。

「真由子」

ちゃんと名前を呼ばれたのは久しぶりだった。

「誰とつきあおうと自由だけど、連絡がくるたびに一喜一憂するなんて、バカよ、愚かだわ」

上等だ。傷だらけのところに、とどめの一言。そんなことしか言えないんだ。

「そんな人生送って、あんた、虚《むな》しくないの？　男なんて、この世の中でいちばん信用ならない生き物なんだから。覚えておきなさい、どんだけ愛情かけてもなんにも返ってこない。ただ裏切られるだけ」

そうやってあたしに呪いをかけるつもり？

「あんたももういい年なんだから。男なんかに血眼《ちまなこ》になるのはやめなさい。そんなの時間の無駄よ」

どうしてだろう、尚樹のことでズタズタになっているはずなのに変に力が湧いてくる。またロクでもない男にひっかかって、ポイ捨てされた。辛い、すっごく悔しい。大声出して泣き叫びたいくらいだ。でも、これで終わりじゃない。あたしは男を、人生を見限ったりはしない。いつかちゃんと誰かに出会って、満ち足りた家庭を作っていく。きょうよりずっと幸せな明日を信じている。

母をまっすぐ見つめた。あたしはあなたみたいに簡単に絶望しない。ままならない現実から逃げたりもしない。しくじってもやり直す。

「そうだ、あんたも一緒に植木市に行く？　植物はいいわよ。絶対に裏切らないから」

「行かない、死んでも」

「そう、別にいいけど。明日、早いから。お母さんは寝るわ」

母は大口を開けて欠伸《あくび》をしている。でも、腹は立たない。あたしはもうあなたに「母」は求めない。

「だったら、そこのベッド使って」

諦めた分だけ、優しく言えた。

四章　秘密

1

比呂美がフォークを置いた。

「あー、もうお腹いっぱい。ごちそうさま」

志穂《しほ》は横目で隣の皿を見た。フォークの先にはベーコンの残骸がくっついたまま。カルボナーラは隅っこでとぐろを巻いている。あとふたくちぐらいで食べ切れるんだから、残さなきゃいいのに。最後のひと巻きを食べ終え、向かいに座る美咲に言った。

「ごちそうさま。美味しかったよ」

本当はそうでもなかった。チーズを入れすぎたのか、コクがありすぎる。母ひとり子ひとりで、小さい頃から家事をやってきた美咲の料理の腕前はなかなかのものなのに、きょうはどうしたというんだろう。

「お粗末さまでした。お茶でも淹れよっか」

美咲がダイニングテーブルに手をついて立ちあがった。

「手伝うよ」

空いた皿にサラダが入っていた小ボウルを重ね立とうとしたところで、美咲が片手で制した。

「ありがと、杉《すぎ》ちゃん。でも、お客さまはそっちで寛《くつろ》いでて」

学生時代の友達は、結婚してからも「杉ちゃん」と呼んでくれる。杉山《すぎやま》という旧姓には未練はないけれど、「杉ちゃん」と呼ばれると、なんだか昔に戻ったみたいで懐かしい。

「じゃ、お言葉に甘えまーす」

隣の比呂美が先に立った。脇に置いていたトートバッグを抱え、窓際の茶色いソファにさっさと移動する。

まったく……。どこにいても自分の家みたいに寛ぐんだから。でも、それだけ他人に心を開けるというのはある意味、羨ましくもある。比呂美に続いて静かに腰をおろした。美咲が独身時代から使っているソファはスプリングがイカれていて、お尻にワイヤーが当たる。それに小さすぎる。ちょっと動いただけで、比呂美の膝頭とぶつかってしまいそうだ。

さりげなくさっきまで座っていた場所に目をやった。ダイニングセットは最安値の新生活応援セットかなんかで買ったのか、白木がどうにも安っぽい。大学時代から貯金大好きの美咲は、インテリアにほとんど興味がなかった。らしいといえばらしいけど、この家には新婚家庭の甘さも華やかさもない。

唯一、新婚を匂わせるものといえば、テレビの横に飾ってあるフォトフレームだけだ。木枠の中でウェディングドレスを着た美咲が微笑んでいる。白いタキシードを着た夫の正平は大柄な美咲より頭ひとつ大きい。ここ数年のうちにM字禿げになる確率九〇%だけど、なかなかのイケメンだ。

三十五歳と七ヶ月で挑んだ婚活パーティーで出会って、四ヶ月後にゴールイン。「やっぱ、自分から勝ちにいかなきゃね」と九回裏ツーアウトで逆転ホームランを打ったみたいなすがすがしい笑みを浮かべていたのに、一年近くも経つとこんなにも所帯やつれするものか。カウンターキッチンの奥に立つ美咲はグレーのよれよれパーカーに穿《は》き古したジーンズ、肩まで伸びた髪はひっつめていて、肌のくすみが目立つ。

あたしのときはどうだったっけ？　いまや空気以下の存在になっている夫の顔が頭をよぎった。……九年も前のことなんて覚えてないや。

ガガガガガガガッ
ガガガガガガガッ
突然、窓の向こうから爆音が聞こえてきた。そういえば、ここに来るとき、マンションのはす向かいの更地で重機を見た。ＤＶＤプレイヤーの時計は一時をまわったところだ。昼の休憩が終わって、工事が再開されたのだろう。

「ねぇ、窓閉めてもいい？」

美咲の返事を聞かずに比呂美が中腰になった。

「てか、なんなの、あれ？　食べてるときはめっちゃ静かだったのに。岩かなんか削ってんの？」

乱暴にサッシを閉めると、ドスっと隣に座った。

「ごめんねぇ。あそこずっと空き地だったのに今週のはじめに重機が入ってガガガってやりだしちゃって」

美咲が自分の不手際みたいに頭をさげる。

「どういうわけだか、昔からあたしが引っ越すと必ず近所で工事始まるんだよね」

「いるよね、そういう人。あそこ、マンションかなんかが建つの？」

心もち音量をあげて訊いた。窓を閉めて少しはマシになったが、相変わらずガガガガと響いてくる。美咲は首を傾《かし》げた。

「えっ？　なんて？」

耳が遠い年寄りに話しかけるぐらいの大声で訊き直した。

「うん、低層のが建つみたい。このあたりって静かなのが取り柄だったのに朝からすっごい爆音なんだよね。うちのダンナって出版関係でしょ。この前、営業から編集に異動して夜遅く帰ってきて午後まで寝る生活になったと思ったら、これだから。眠れないって機嫌が悪くって」

そういえば、一ヶ月前ランチをしたときも、自分は区役所勤めなので勤務時間が不規則な正平とはすれ違いの生活が続いているとボヤいていた。

「へぇー、美咲のダンナってマグニチュード8の地震が起きてもイビキかいてそうなのに」

比呂美が耳もとで拡声器を使っているみたいな声で話す。

「ああ見えて、けっこう神経質なんだよ。ちょっとした物音でも目が覚めるのに、あの爆音でしょ。きょうとか目の下にクマ作ってフットサルに行ったよ」

「でもさ、マンションが建っちゃうと日当たり悪くなるねー。電波もヤバくね？　うちも去年、近くにマンションができてから、ケータイがプチプチ切れるようになってさぁ」

アラ探しが生きがいの比呂美は友人の新居に来てもマイナスポイントばかり指摘する。

「せっかくのいい季節なのにねー。日中に窓、開けられなくて、きっついね」

「だよね。でも、ま、向こうにも都合があるでしょ」

美咲も美咲だ。さっきから比呂美に言われっぱなしなのに、律儀に相槌を打っている。言いたいことも言わず、ぐっと言葉を飲み込んでいる姿を見ていると、気持ちが滅入ってくる。幼かった頃の自分を見ているみたいだ。

地面を削る轟音《ごうおん》に混じって、ピーッと笛吹ケトルが鳴った。

「ねぇ、飲み物、コーヒーでいい？」

美咲が訊いてきた。

「うん。ありが――」

「あたしは、紅茶」

言い終える前に比呂美が割り込んできた。どうして、こういうときに無駄な自己主張をするんだろう。美咲が唯一こだわっているのがコーヒーなのを知ってるくせに。

比呂美の図々しさには馴れっこなのか、美咲はシンクの上の棚から紅茶缶を出している。

「じゃ、あたしも紅茶にしようっかな」

「美咲が？　珍しいね」

ポットに茶葉を入れていた美咲がこっちを見て頷いた。

「コーヒー、前ほど飲めなくなったんだよね」

「そうなんだ。じゃあ、あたしも紅茶にしてくれる？」

「え、でも、杉ちゃん、コーヒー好きでしょ」

「いいよ、気にしないで。わざわざ、一杯だけ淹れるのもなんだし」

いつもは自分で淹れているから、人に淹れてもらうコーヒーは格別だ。本当は美咲がネルドリップで淹れてくれるillyのブラックが飲みたかった。

「てか、それなんとかっていうすごい高い紅茶だよね？　貰い物？」

比呂美は美咲が手にした赤い缶をじっと見ている。

「エディアールでしょ。パリの老舗《しにせ》。ピカソやヘミングウェイもお気に入りだったんだって」

「さすが杉ちゃん、よく知ってるわね。この前、ダンナの実家に行ったとき、お義母さんが『持ってけ』って」

「美咲のダンナって見た目もろ肉食系で、紅茶飲むイメージ全然ないんだけど」

「そうなんだよね、飲み物、なんでもいい人だから、放っといたら水道水飲んでいるタイプ。だから、この紅茶、全然減らなくて」

比呂美はにやりと笑った。

「てか、美咲、おめでたじゃね？」

そうなの？

「えー、そんなことないよ」

美咲は身震いするみたいに首を横に振った。

「いや、そうだって。子供デキると、コーヒー受けつけなくなるんだよ。だよねぇ、杉ちゃん」

こういう話題になると、比呂美の細い目がきらきら輝く。

「どうだろ。人によると思うけど。あたしも妊娠がわかってからはコーヒーを控えるようにはしたけど――」

「は？　なんて？」

比呂美が顔をしかめて、サイドの髪を耳にかけた。地面を削る音がこれでもかと響いてくる。

「だ、か、ら。みんながみんな妊娠したら、コーヒー受けつけなくなるわけじゃないって言ったの」

「そっか。じゃ、杉ちゃんとは違って、美咲は受けつけなくなる体質なんだ。間違いない、絶対妊娠だって。ほんとのこと言うと、さっきのカルボナーラもちょっと味濃すぎて、あれ？　って思ったんだよね」

いつもは無神経なくせに、こういうことだけは変に敏感だ。

「よかったじゃん。マル――」

「え、なに？」

訊き返す声が硬い。さすがの美咲もぴりぴりし始めているのに、比呂美はニヤついている。

「マルコウ初産《ういざん》、がんばって！　三十六にもなると妊娠が難しいっていうのに、やったね。だってさ――」

「いや、それはないって」

美咲は静かに比呂美の言葉を遮った。頬のあたりが強張っている。そろそろ限界にきてる。

「またまた〜」

まだ気づかないの？　美咲はぶちギレ寸前なのに。

「ひーちゃんってば、しつこいよ。美咲がないって言ってんだから、ないんだよ」

「えー、別に芸能人のデキ婚じゃないんだから、隠さなくていいし。ねぇ、美咲、おめでたなんでしょ」

美咲は持ちあげかけていたポットをガシャンとシンクの上に置いた。

「だから、ないって言ってんでしょ」

ガガガガガッ
ガガガガガッ

静まりかえった部屋に工事の音が響く。

「あれ、怒った？」

比呂美の細い目が美咲の顔色をうかがっている。

「……いや、こっちこそごめん。急に大きな声出しちゃって」

美咲は気まずそうに目を伏せて、マグカップに紅茶を注いだ。

「このところ、お世継ぎ問題で、ちょっとナーバスになってんだ。ほんとごめん」

運んできた紅茶を置くと、美咲は床にぺたりと座り、長い脚をもてあますみたいに横にずらした。

「別にいいって。あたしも言い過ぎた。それよか、なんなのよ、お世継ぎ問題って？」

比呂美が身を乗り出す。ほんとに懲りない女だ。

「うーん」

美咲はテーブルに頬杖《ほおづえ》をつき、溜め息をひとつ吐く。

「向こうのおばあちゃんとお義母さんとお義姉さん、親子三代のプレッシャーがハンパないんだって。お義姉さんのとこも三人女の子で。男の子、めちゃくちゃ期待されてんの。名家でもなんでもない、ただの田舎の家なのにね」

「あれ、おばあちゃんって認知症じゃなかったっけ？」

思わず訊き返した。「三十五歳のうちになんとしてもウェディングドレスを着たい」と焦っていた美咲が去年の十一月、誕生日直前に滑り婚できたのは、正平が「ばあちゃんが完全にボケる前に晴れ姿を見せたい」と希望したからだった。

「それが全然」

美咲は眉間にシワを寄せ、首を横にふった。

「ちょっと物忘れがひどくなっただけでアルツだ！　って騒いでただけ。『マーちゃんの子供の顔を見るまでは、あの世に行けない』って何十回も繰り返してさ。お義母さんはそのたびに『そうよねぇ、少しは嫁の自覚を持ってもらわないと』って相槌打つし。お義姉さんなんて『もう三十六なんだから。急がないと、卵子も劣化すんのよ』だって」

「ひどっ。ばあちゃんも面倒だけど、なんなのその小姑《こじゅうと》は」

三十七歳になったばかりの比呂美は自分のことのように怒っている。

「うちも大変だったよ。晴夏《はるか》を身ごもるまでに二年半かかったから。お義母さんからのプレッシャーがすごくって、しんどかったなぁ」

それに、うちは実家の母も味方ではなかった。「お父さんもお母さんも待ってるんだから。一日も早く孫の顔、見せなさい。それが娘の義務ってもんでしょ」としょっちゅう電話がかかってきて、排卵日のたびに夫の淳二《じゅんじ》をせかしていた。

「でも、外野の声なんて、いちいち気にしてたら身が持たないって。『なんかまた言ってる』って聞き流しておけばいいんだよ」

「ま、そうなんだけどね」

美咲はベージュのマグカップの持ち手を弄《もてあそ》びながら言った。

「でも、いちばんの問題は、そっちじゃなくて。そもそもないんだよね」

「ないって？」

美咲はすがるような目でこっちを見た。

「だから、妊活以前に、しないの。こっちもする気起きないし。なんかね、数えるほどしか――」

「えー、もうレス？　どうしちゃったの？　美咲のダンナって肉欲ハンパなさそうなのに」

人の不幸が大好物の比呂美の目が輝いている。

「うーん、なんか結婚式で燃え尽きたっていうか。実はあたしも……。式の翌朝に隣で寝てるダンナの顔見て、『あれ、なんでこの人、ここにいるの？』ってゾッとしたの。これがこの先、毎日続くかと思うと、すっごい違和感があって。結局、あたし、この人とじゃなくて、ただ結婚がしたかっただけなんだなって」

「まあ、結婚前の美咲って、なんかもう焦りまくってたもんね」

比呂美はほれ見たことかと言わんばかりに頷いている。納得するんじゃなくて、そこフォローするとこでしょ。しゃくれた顎を横目で見ながら言った。

「美咲たち、スピード婚だったから、その反動っていうか。きっと、一時的なもんだよ。そのうち、変わるって」

「だね、だといいんだけど」

美咲は両手でマグカップを包み込んだ。よく見ると、お腹まわりにもったり肉がついてる。幸せ太りっていうより、ご無沙汰太りって感じだ。

「あたし、これまでロクな男とつきあってこなかったから、さりげなく車道側歩いてくれたり、車のドアを開けてくれたりしただけで舞いあがっちゃって。でも、うちのダンナ、釣った魚に餌をやらない典型で、そういうの見てると、こっちもますます冷めてきちゃうんだよね。それに比べて……」

伏し目がちにカップを眺めていた美咲が突然、羨望の眼差しを向けてきた。

「いいよなぁ、杉ちゃんは」

「え、あたし？」

「そうだよ、杉ちゃん、リア充って感じするもん。ダンナさんともつきあい長かったから、あたしみたいな失望感もないでしょ」

夫の淳二は高校の同級生だ。あたしの中ではずっと「気の合う男友達」だった。いくつかの恋を経たあと、「高校の頃から好きだった」と告白され、二十八歳のときに結婚した。「本当にこの人でいいのか」と思わなかったわけではない。でも、恋愛に疲れていたあの頃、とりあえず一緒にいるとラクだ」という気持ちのほうが勝っていた。

「うちは大恋愛の末、結婚って感じじゃなかったから、結婚前はけっこうテンション低かったけど。言われてみれば『当たり』だったかも。それに――」

ここからというところで、また工事音が遮る。

「え？」

美咲が訊き返してきた。

「いや、別に」

本当は、娘の晴夏の自慢を続けたかった。無用の長物と思っていた淳二の色の白さとあたしの大きな目を受けついだ晴夏は、親の欲目をさしひいてもかわいい。この前も二子玉《にこたま》で子役をやらないかと芸能事務所にスカウトされた話をしたいけど、あんまり言うと嫌らしく聞こえるか。リア充アピールはやめておこう。

「ほんと羨ましいよ、杉ちゃんが。よく二番目に好きな人と結婚しなさいって言うじゃない。ちょっとテンション低いぐらいのほうが、やっぱいいんだよ。期待が裏切られることもないから、絶対うまくいくんだって」

「美咲の言う通りだよ。杉ちゃんっていいとこの奥さんオーラ出まくってるし、今のダンナと結婚してほんと大正解だよ。ほら、なんだっけ？　あの村上春樹みたいな名前の？」

出た出た。比呂美に会うと、必ず一度は蒸し返される二十二歳の大失恋。何度、この名をあたしの口から言わせたら気がすむのか。

「村山知樹《むらやまともき》でしょ」

比呂美の細い目が意地悪く笑った。

「そうそれ。トモキにフラれた直後は荒れるわ、激太りするわで大変だったけど、結婚してからの杉ちゃんって人生着実に歩んでて、ノープロブレムって感じだもんね。ダンナは一部上場に勤めてて次男だし、そこそこかわいい子供はいるし、ちゃんとマンションも買って。でもってお姑《しゅうとめ》さんもさっさと死んでくれて、なにそれ？　恵まれすぎ」

相変わらず口が悪い。でも、こういうのは嫌いじゃない。幸せって、他人が羨んでくれてこそ実感できるもんだし。素っ気ないマグカップに入った紅茶をひとくち飲んだ。

「あたしも結婚したら人生がガラッと変わるって思ってたんだけどなあ。婚活してたときのほうがよっぽどリア充だったよ。杉ちゃんはダンナさまも――」

美咲の少し垂れた目が妬ましげに見あげている。もっともっと優越感を味わいたいのに、せっかくの言葉が工事音にかき消されていく。

2

三千花《みちか》は身を震わせながら泣き続ける。

「今でもわからな……いんです。あの人が殺される、なんて。ねぇ、これは夢、悪い夢ですよ

ね。でも、いつか覚めると……思っているのに。なんでなの。なにが、どうなってるの……あたしの、身に、なにが、起き……たのか……」

途切れ途切れの言葉に嗚咽《おえつ》が混じる。

山下《やました》は三千花の泣き腫らした紅色の瞼《まぶた》を見た。この人は、あの日からどれだけの涙を流したのだろう。


そこまで読んで確信した。この殺人事件の犯人は三千花だ。一見穏やかな人ほど、腹の中は黒かったりするし。このあと、山下警部補も三千花の言動に絶対違和感を覚えるはず……。ページをめくろうとしたところでカップの脇に置いてあるスマホが震えた。画面にLINEマークが出ている。読みかけの文庫を閉じて、スマホを取った。

〈ごめん。あと三分で着くから〉

だったら、わざわざ知らせなくてもいいのに。つくづくマメな男だなと思う。ふたりで会うのはこれで四度目だけれど、毎回待ち合わせ場所に着く直前に、あとどれくらいで着くのか、必ずLINEを送ってくる。

〈了解。店の奥にいるから〉と返そうか。やっぱり、やめておこう。このマメさを持続させるには、ちょっと突き放しておいたほうがいい。メッセージを既読スルーにして、グァテマラをひとくち飲んだ。コクと爽やかな酸味が広がっていく。

木目を基調とした店内は薄暗く、控えめにジャズが流れている。さっきまでいた美咲の家とは大違いだ。比呂美がいるだけでうんざりなのに、きょうは工事音も加わって散々だった。なんだかいつもの倍、疲れた……。背もたれに寄りかかろうとしたところで、店の入り口のカウベルが鳴った。

もう着いたの？

背の高い男が入ってきた。逆光で顔がよく見えない。逆三角形のシルエットがこっちに近づいてくる。

「ごめん、遅くなって」

正平はコメカミのあたりを指で掻くと、肩にかけていたトートバッグを椅子の下にあるカゴに入れた。

「いいよ。貸してくれた本を読んでたし」

ほんとは、もうちょっとひとりでぼーっとしていたかったけど。

「あれ、髪切った？」

半月前に会ったときは、もっさりしていたサイドの髪がすっきり刈りあげられている。おかげで生え際の薄さが目立たなくなった。

「ああ、午前中にね。予約しないで行ったから、ちょっと待たされちゃって」

「その中にウエアーが入ってるの？」

「は?」

正平の口が半開きになった。

「きょうはフットサルの練習ってことになってるんでしょう。美咲が言ってた」

「あいつと話したんだ」

「あれ、聞いてなかった? 家に行ったし」

「マジで?」

自分の留守中に新妻がなにをして過ごしているかも知らないなんて、ふたりは本当に倦怠期《けんたい》なのかもしれない。

草食系の店員が注文を取りに来た。

正平はネルシャツの袖をまくりあげながらメニューを見つめる。

「ご注文は?」

店員は待っている。それでも正平は答えない。しばらく考えこんで「コロンビア」と告げた。長い睫毛に切れ長の目。すっとした鼻。この横顔が気に入っている。

「フットサルなんて行ってないんでしょ」

店員が立ち去ってから訊くと、正平はこくりと頷いた。美咲が言っていた通り、目の下にうっすらクマができている。

「ああ。ほんとは来週なんだけど、なんか家出るとき、口実が見つからなくてさ」

ここは共犯者として、アドバイスをひとつしてあげなくちゃ。

「あのさ、ウエアー使ってなくても、ちゃんと汚れものっぽく洗濯機に放り込んどいたほうがいいよ。新妻って、そういうとこ、チェック厳しいから」

淳二のときは、草野球だった。一万五千円もするユニフォームまで作ったくせに練習に行っていたのは最初の二ヶ月だけ。あとは浮気相手の女の家に入り浸ってばかり。「いやぁ、いい汗かいてきたよ」と帰ってきても、バッグの中のユニフォームには柔軟剤のさわやかな香りが残っていた。

あれから二年半。もう、スマホを盗み見ることもないけれど、秘密の関係は続いている。きょうも接待ゴルフを口実に朝早く家を出ていった。どうせまたあの女のとこに寄ってくるに決まってる。

「あいつ、俺のこと、なんか言ってた?」

「別に」

「そっか」

正平は安堵《あんど》と落胆がごちゃ混ぜになったみたいな表情を浮かべた。

「それより工事の音がすっごくうるさくて。二時間くらいいたんだけど、落ち着いて話せなかったな」

「ああ、あれ。マジで勘弁してほしいよ。俺、昔から引っ越すと、必ず近くで工事が始まるんだよね。呪われてるとしか思えない」

美咲も同じようなことを言っていた。

「いるよね、そういう人」

同じ言葉を返しておいた。

「とにかく、こっちは寝不足でまいっちゃうよ」

「そういえば、寝るときってダブルベッドなの？」

「シングルふたつ並べてるけど、なんで？　気になる？」

妬《や》いてるの？　と言いたげに切れ長の目が悪戯っぽく笑った。

「別に。ただ、なんとなく」

悪いけど、やきもち妬くほど好きじゃないから。目でそう言い返した。

正平から最初に連絡があったのは三ヶ月前。美咲と三人で食事した翌日にいきなりメールが入ってきた。

〈おりいって相談があります。一度会ってもらえませんか〉

絵文字なしのマジメな文面だった。なんの相談かと思って出かけたら真剣な顔で告白された。

「こんなこと言えた立場じゃないのは百も承知だけど、志穂ちゃんのこと、ひと目見た瞬間、好きになって。……もっと正直言うと、結婚式のときからきれいな子がいるなと思ってて、どうしてもふたりで会いたかった」

アドレスは美咲のスマホを盗み見たという話だった。妻の至近距離の女に手を出す男。しかも罪悪感ゼロ。むしろスリルを楽しんでいる。ロクなもんじゃないと思いつつ、誘いがあれば応じてしまう。自分でもどうかと思う。でも、一線は越えるつもりはない。たまに会って、とりとめのない話をするだけ。火遊び以下のほんの戯《たわむ》れ。家族も友達も知らない密かな時間を楽しんでいるだけ。

「お待たせしました」

注文したコーヒーが運ばれてきた。テーブルに香ばしい匂いが立ち昇る。

正平は待ちきれないといわんばかりにカップを手にする。ひとくち飲むと、ちょっと薄情そうな口もとが綻《ほころ》んだ。こんなに美味しそうにコーヒーを飲むのに、美咲は「飲み物、なんでもいい人だから」って言っていた。いったい、この人のどこを見てるんだろ？　……でも、案外そんなものかもしれない。夫って近くてものすごく遠い他人だし。あたしだって淳二のことを、知ってるようで何も知らない。別に知りたいとも思わない。

「そのグレーのニット、似合ってるね」

切れ長の目が湿り気を帯びている。

「そうかな。あたし、丸顔だし、肩幅もけっこうあるから。Vネックってどうかなと思ったんだけど」

「志穂ちゃんは鎖骨がキレイだから、よく似合うよ」

湿り気を帯びた不埒《ふらち》な視線が胸もとをさまよっている。思わずほくそえみそうになった。おばさんになっても、名前をちゃん付けで呼んでもらえる幸せ。鎖骨の形を褒められるのなんて何年ぶりだろう。「うちのダンナって釣った魚に餌をやらない典型」だと美咲は言っていた。別に正平に限ったことじゃない。男なんてみんなそう。

「その色着るとさ、肌の白さが際立つよね」

「あたし、そんなに色白くないよ」

「いや白いし。白くってツヤツヤして、そそる肌だよ」

こうやってイタリア人みたいに褒めてくれるのも、美味しいコーヒーが飲みたいと言えば、速攻でスペシャリティコーヒーの店を調べて待ち合わせ場所を変更してくれるのも、あたしを釣りあげるまでの期間限定サービスだ。でも、あたしは釣れない。釣れない魚に男は優しい。ほんの少し口角をあげ見つめると、正平が身を乗り出してきた。

「きょうは何時くらいまでいいの」

「うーん、夕方までには帰らないと。午前中から、娘を実家に預けてるし。うちのお母さんも年だから、半日も孫の相手すると、疲れちゃうんだよね」

「なかなかゆっくり会えないな」

正平は薄い唇を一文字に結んだ。お預けをくらった犬みたいだ。そんな恨めしそうな顔しても、あなたとはキス止まり。一応、友達のだんなさまなんだし、一線を越えてしまったら、人に非ずだ。正平を諭《さと》すように微笑んだ。

「これでも人妻、一児の母だしね」

「全然そういうふうに見えないけどな。でも、なんとか時間作ってよ。次こそ飲みに行きたいな。もっと一緒にいたいんだよね」

妻帯者の図太さで、正平はめげない。焦りも見せない。

「だね」

あたしがその気ゼロとわかって、駆け引きに疲れたら、この人は離れていくだろう。そのときは……別にそのときだ。志穂はカップをゆっくり持ちあげた。もう湯気は出ていない。本当にいい豆で淹れたコーヒーは冷めても美味しい。

先のことなんて考えない。今はただ、こうして上等のコーヒーを飲みながら、誰にも言えない時間を過ごしていたい。

3

午後の光が薄まってきた。どこからか煮物の匂いがしてくる。道幅の狭い商店街を抜け、数メートル歩くと古い家が立ち並ぶ住宅地にさしかかった。なだらかな坂道をのぼりきり右に曲がる。

スマホを見ると、四時半近かった。約束の時間より三十分ばかり遅れている。早足に右に折れ、車一台やっと通れる路地を入った。数軒先からはしゃぎ声が響いてきた。実家の生け垣の前を大きな歩幅で歩いていく。門扉が近づいてきた。「あ、ママだ！」。晴夏がヒールの音に気づいたみたいだ。

「お帰りぃ」

駆け出してきた晴夏が腰にまとわりついてくる。

「ごめんねぇ、遅くなって。ハルちゃん、いい子にしてた？」

「うん、晴夏ねぇ、ばあばのお手伝いいっぱいしたよ。今も、お花、一緒に植えてたんだ」

小さな手が土で汚れている。お気に入りのスエードのスカートに土くれがついた。ちょっと、やめてよ。舌打ちしそうになる。

「お花って？」

さりげなく晴夏を引き離しながら訊いた。

「そう、えーと……」

晴夏は黒目がちの大きな瞳をくるりと回す。

「パンジーのちっちゃいみたいなの」

「ハルちゃん、このお花はビ、オ、ラでしょ」

玄関ポーチの脇にしゃがんでいる母が犬でも調教するように訂正した。

「やーね。さっき教えたばっかりなのに。じゃ、このお花は？」

筋張った指がプランターの中で紫のビオラに寄り添っている白い小さな花を指さした。

「えっと。アリ……」

「アリッサム。さっきは上手に言えたのに」

まだ五歳の子供なのだ。今から躍起になって花の名前を教え込まなくてもいいのに。

「ああ、帰ってきたの？」

母は足もとに散乱している黒いビニールポットを拾い上げながら言った。腫れぼったい目は少しも笑っていない。

「お父さんは？」

「まだよ、きょうは大学時代のお友達と食事してくるって。会社辞めてから、急に外食が増えちゃって。ほら、ハルちゃん、お片付けは？」

「はーい」

晴夏は素直に返事をすると、敷石を飛ぶようにして渡り、プランターの前に転がっていた赤いシャベルを片付け始めた。

「わりと時間かかったのね」

探るような上目遣いだ。

「病院からの帰りのバスがなかなか来なくて」

「美咲ちゃん、大丈夫だったの?」

「母」は「よっこいしょ」と腰をあげた。手足は棒のように細いのに、腹まわりだけたっぷり肉がついている。

「たいしたことないみたい。腕の手術したっていうから何事かと思ったら、テニス肘ですって」

「あら、あの子、テニスやってたかしら?」

「やってないよ。だけど、近頃はパソコンとかスマホのせいで、同じような症状が出る人が多いみたいよ」

「そうなの」

「母」は軍手をはずして土ぼこりを落としながら相槌を打つ。これまで何万回同じことを続けてきただろう。学生時代も社会人になってからも、家に帰ると、外での出来事を根掘り葉掘り訊かれた。娘のすべてを支配しないと気がすまないみたいに。

今、目の前にいるのは、母の三つ違いの妹だ。このことは晴夏にはもちろん、友達にも言っていない。実の母は、六歳の誕生日の直前にクモ膜下出血で亡くなった。あのときは、まだ「死ぬ」ということがうまく理解できなかった。朝、幼稚園の前で「いってらっしゃい」と笑顔で手を振ってくれた母が、夕方にはいなくなっていたのだから。

通夜や葬式の間、どうやって過ごしていたのだろう。白い着物を着て、横たわっている母はとてもきれいで、でも、触ると冷たくて、いくら揺り動かしても起きなかった。掌に残った感触だけは今も覚えているけれど、あとはほとんど記憶にない。多分、五歳児の小さな頭の中にとどめておくには、あまりに辛すぎる出来事だったのだろう。

母が死んで半年も経たないうちに叔母が新しい「母」として乗り込んできた。実の母が生きていた頃から、父のことを好きだったのだろう。あたしのことをそっちのけで父にベタベタしていた。いつだったか、「母」が夜中に誰かに電話しているのを立ち聞きしたことがある。

「あの子がね、ときどきあたしのことを恨めしそうにじーっと見るの。ほんと陰気で暗ーいの。うちのお姉ちゃんもよく同じ目つきしてたのを思い出してイヤになるわ」

溜め息混じりでつけ加えた。

「やっぱり他人の子はダメね。早く自分の子供を産みたいわ。がんばってるんだけどねぇ」

結局、「母」に子供はできなかった。もうこの子しかいないと腹をくくったのか、出産のタイムリミットが近づくにつれ、「母」はあたしを厳しく躾《しつ》けるようになった。中学生になった頃、父の浮気が発覚してからは、ますます干渉してくるようになった。薄情な女ほど過去を改竄《かいざん》する。「憎たらしい継子《ままこ》」だったあたしは「母」の中でいつの間にか「手塩にかけて育てあげた愛《まな》娘《むすめ》」にすり替わっていた。

「あと一日で退院できるんですって。美咲ったら、暇を持て余してたみたいで、なかなか解放してくれなかったの。遅くなって悪かったわ」

「母」がプライベートに首を突っ込んでくるたびに、こんな女に本当のことを知られてたまるもんかと思ってきた。おかげで今でも出鱈目が咄嗟《とっさ》に口をついて出てくる。

「晴夏は迷惑かけなかった？」

「いい子だったわよ。ほんとに素直でいい子。ね、ハルちゃん」

そう言って晴夏の黒髪を撫でた。あんなに厳しかった「母」は、孫のことは目に入れてもいたくないみたいにかわいがる。二週間でも顔を見せないと、すぐに「ハルちゃんは元気なの？」「そろそろ会いたいんだけど」などと催促の電話やメールを送ってくる。

実の子が産んだ子じゃなくても、孫は別物なのだろうか。

淳二の母は四年前に亡くなっていて、晴夏も「母」にそれなりに懐《なつ》いている。「ばあばに会いたい」などと自分から言い出すこともある。そんなときは実家に行く前に用事を作り、晴夏だけ預けるようにしている。我が子を人身御供《ひとみごくう》みたいにして申し訳ないけれど、そうせずにはいられない。「母」と面と向かっているだけで息がつまる。頭がゴムバンドを巻きつけられたみたいに痛くなる。

「時間まだあるわよね。さっき、ハルちゃんとお買い物に行って、ケーキ買ったの。食べていきなさい」

さっさと中へお入り、と命令するかのように「母」は玄関のドアを開けた。晴夏はケーキ、ケーキと無邪気に飛び跳ねて、家の中に入っていく。

もう四時半。こんな時間にケーキなんか食べたら、晩ご飯が食べられなくなるでしょ。まともに子育てしたことないと、そんなこともわかんないの？　心の中で毒づいても、顔には絶対に出さない。

「ありがとう」

「母」と目をあわさないようにして家にあがった。

実家を出て歩いていると、西の空が赤く染まり始めた。

駅まではまだ遠い。大人の足で歩けば十分の道のりも晴夏の速度にあわせると二十分はかかる。三駅先の我が家に着く頃には、七時を過ぎているだろう。すぐに晩ごはんを作らなければいけない。

「きょうはなに食べる？」

晴夏にこれ以上、重たいものを食べさせたくなかった。

「うーん、晴夏……じゃなくてわたしね、ケーキでお腹いっぱい」

「わたし？」

「ばあばがもう大きいから、自分のこと、晴夏って言っちゃダメって」

また、あの女……。昔と少しも変わっていない。これをしちゃダメ、あれもしちゃダメ。一緒にいると、ダメダメダメダメのオンパレードだ。

「そうねぇ。でも、そんなに慌てて言い直さなくてもいいよ。急がなくっていいの。だんだんと直していけば」

「でも、ばあばが怒るから」

晴夏はちょっと唇を突き出すようにして、足もとの小石を蹴った。

「怒られたの？」

「うーん、晴夏、何度も間違うから、ちょっとね」

俯《うつむ》いたまま、顔をあげようとしない。……まさか。腐った果物みたいな赤黒いあざが浮かんできた。

「ハルちゃん、ちょっと腕見せて」

キョトンと見あげてくる晴夏の腕を取り、赤いスエットをまくりあげた。こっちじゃなくて……。か細い腕をこっちに向けて内側を見た。よかった。なにもない。すべすべした二の腕は無傷だった。

「ママ、どうしたの？」

「なんでもないの」

娘と孫では違う。いくらあの女でも、この子には手を出さない。わかっていても、不安になってしまう。

「……ハルちゃんが元気ないから悪い虫に刺されたんじゃないかって心配しただけ」

「虫なんて飛んでなかったよ」

子供の頃、「母」の気に食わないことをすると、すぐに手が伸びてきた。細くて冷たい指は二の腕の内側をつまみ思い切りねじった。

「なんで言うことききかないの?」

「なんでそんなに物覚えが悪いの?」

「なんであたしをそんな目で見るの?」

突きつけられるたくさんの「なんで?」。まごまごしていると、「母」は大きな目を吊りあげた。腕をつねる力もますます強くなった。

「痛い、やめて」

「やめてですって? なんであんたはそんなに生意気な口利くの?」

ありったけの憎しみを込めて傷つけられた皮膚は内出血を起こした。夜、子供部屋でなかなか消えない赤黒く広がるアザをさすっていると見当違いな怒りが湧いてきた。ママはどうして、あたしを置いて死んじゃったの? ママのバカ。ママ、帰ってきてよ。

一週間もすれば、二の腕のアザは消えた。でも、胸の痛みはいまだに癒えていない。

子供はいつだっていちばん寛げる場所を求めている。あたしにはその場所がなかった。「母」といると、いつも気持ちが張りつめていた。

「ハルちゃん、きょうは帰りが遅くなってほんとごめんね」

「いいよ、晴夏、もうお留守番できるから」

見あげる娘の顔が夕陽に照らされている。三十年前のあたしにそっくり。赤ん坊の頃は淳二に似てると思っていたけれど、ここにきて晴夏はあたしに似てきた。この顔を見た「母」にいつまた嗜虐《しぎやく》の心がうずくかわからない。晴夏をあの女に預けるのはそろそろやめにしなきゃ。そう心に決めて、小さな手を強く握った。

4

どこからか百舌《もず》の鳴き声が聞こえてくる。ベランダから見える空はどこまでも青い。洗濯カゴに残った黄色いタオルを取りあげた。端と端を持って空気を含ませるようにしてパタパタと振る。こうやって、タオルの繊維を柔らかくしておくと、肌触りがよくなると雑誌に書いてあった。十回ほど振ってピンチハンガーに干し終えたところで、「ママァ」とリビングの隣の和室から声がした。

「どうしたの？」

洗濯カゴを持って部屋をのぞくと、晴夏が布団の脇にパンツ一枚で突っ立っていた。洗濯物を干している間に穿き替えたのか、昨夜とは違う水色のだ。晴夏はきまり悪そうに頭をさげた。

「ごめんなさい」

シワが寄ったシーツの上には豪快に地図が広がっている。

「また、やっちゃったの？」

先週に一度、一昨日にも同じ失敗をしたばかりだ。でも、ここは笑って許さなきゃ。なにより、本人がいちばん辛いんだから、あんまりキツく責めちゃダメ……。頭ではわかっている。でも、気持ちが言うことをきかない。なんてバカなんだろう、この子は。もうすぐ六歳になるっていうのに、いい加減にして！

「忘れたの？　この前、『もう絶対しない』って約束したでしょ。なんでまた同じことするの？　ママは嘘つきな子なんていらない。そんなんで恥ずかしくないの？」

うなだれる晴夏を見ていると、ますます憎たらしくなってくる。悲しそうな顔をすればこれ以上、怒られないとでも思ってんの？　そんなに甘くないわよ。

「バッカじゃないの？　おねしょばっかりしてたら、来年も年長組には入れませんからね。お昼寝の時間におねしょしたりしたらどーすんの？　みっともないったらありゃしない。ほんと、みんなのいい笑い者よ――」

言った瞬間、ぞっとした。これって「母」の怒り方にそっくり。

「みっともない」

「恥ずかしくないの？」

「どうして何度もするの？」

何度あの金切り声で怒鳴られたことか。

あたしも母に死なれた直後、おねしょばかりしていた。毎日、夜になるのが怖かった。「母」は八時になると、有無を言わさずあたしを布団に押し込んだ。「おやすみ」の言葉もなし。電気のスイッチをパチンと消し、子供部屋のドアを閉めた。なにも見えない、なにも聞こえない。暗闇の中に放置されたあと、布団の中で何度も寝返りをして、ようやくうつらうつらすると、同じ夢を見た。

本当のママと一緒に暗い森の中を歩いている。大きな木がそこらじゅうに太くて黒い枝を伸ばしていて、ザワザワ葉っぱが揺れている。その間をカラスがたくさん飛んでいる。怖い。しがみつこうとしたのに、さっきまで一緒だったママがいない。ママ、どこに行っちゃったの？　森の中を探しまわるけど、どこにもいない。暗闇の中で金色の目が光る。あれはオオカミ？　ねぇ、ママはどこ？

突然、体が金縛りにあったみたいに動かなくなる。いくらもがいても、ダメだ、ちっとも動かない。どうしよう。いつの間にかものすごくおしっこがしたくなっている。泣きそうになった瞬間、大きな石につまずく。起きなきゃと思うのに起きあがれない。ああ、またやっちゃった。シャーという音とともに下着があっという間に濡れてしまう。

いつもそこで目が覚めた。

濡れた布団を見た「母」はさんざん怒鳴り散らしたあとに言った。

「口で言ってもわからないバカはこうするしかないの」

何度も何度もお尻を叩くと目を吊りあげた。

「もう、あんたのせいで、手が痛いわ。こんなに赤くなっちゃったじゃない」

片足でお尻を思い切り蹴られ、床に倒れた。あたしだって、好きでおねしょしたわけじゃないのに……。情けないのと悲しいのと悔しいのと、あらゆる辛さがごっちゃになって、ここから消えてなくなりたいと思った。

でも、なんで？　突然、母に死なれて、ものすごく不安定だった時期に、なんであそこまで罵倒されなければいかなかったのか。

遅れてきた怒りが体中をかけめぐる。振り払っても振り払っても、「母」のヒステリックな声が蘇《よみがえ》る。「なんで、そんな陰気な目であたしを見るのよ」。もうやめて！　頭の奥がジーンとして痛い。

「ママ、ご、ごめんなさい。もう、絶対しま……せん」

怯えるような目があたしを見る。あのとき、あたしもこの目で「母」を見あげていた。ダメだ、同じことを繰り返しちゃいけない。

「ハルちゃん、ごめん。ママ、言い過ぎたわ」

思わず晴夏を抱きしめた。小さな体は震えている。

電子レンジの通知音が鳴った。温まった赤いマグカップを取り出してテーブルに置くと、キッチン脇の小窓から差し込む光が立ち昇る湯気を目立たせる。

子供用ダイニングチェアに座って待っていた晴夏はカップにふーっと息をふきかけた。思いつめたように頷くと、目をつぶった。小さな手でマグカップを包み込み、一気に傾ける。

「はぁー」

カタッとテーブルに置いたカップには三分の一ほどホットミルクが残っている。

「すごーい。ちゃんと飲めるじゃない」

大袈裟に感心して頷いた。晴夏の頬はまだ強張っている。今朝のことをまだ引きずっているみたいだ。うかがうようにこっちを見て、もう一度カップに口をつけた。

「ハルちゃん、ミルク苦手なんだから、そんなに慌てて飲まなくたっていいのよ」

「でも、自分で飲むって言ったもん」

ぽてっとした唇の上に白い跡がついている。

「おヒゲが生えちゃったね」

手を伸ばして親指の腹でふきとってやった。ようやく晴夏が安心したように微笑んだ。

「全部飲んだよおー」

得意げに笑っている。

「偉いねぇ」

お気に入りのアニメ「プリンセスプリキュア」の録画を見たあと、晴夏は、いつもは「臭いから嫌!」と嫌がる牛乳を自分から「飲む」と言い出した。朝起きてすぐにバカ呼ばわりされたから、晴夏なりに名誉挽回《ばんかい》したかったのかもしれない。

ごめんね、もう、絶対にあんな怒り方しないから。心の中で娘に詫《わ》びた。

でも、どうしてだろう? これまで、おねしょなんてほとんどしたことがなかったのに……。今、なにがこの子の中で起こっているのか。この頃、晴夏のことがわからなくなる。晴夏だけじゃない、あたし自身も混乱している。実の子なら無条件に愛せると思っていた。でも、なにかの拍子でこの子のことがうっとうしくなる。あっち行ってよ、と突き飛ばしたくなる。まとわりついてくるこの子が嫌で嫌でしょうがない。ちゃんとこの子を愛したいのに、あたしには、母親としての能力が足りていないのかもしれない。ごめんね、ふがいない母親で。娘の艶やかな髪を撫でた。

「ほんとにハルちゃんはいい子ねぇ」

ママは、あなたにストレスなんて与えたりしてないよね?

「別に。こんなの当たり前よ。来年は年長さんだし、わたしだっていつまでも子供じゃいられないわ」

お気に入りのアニメのキャラでも真似ているんだろう。

変に大人びた言い方に少し気がほぐれた。

「あ、パパ。おっはよう!」

晴夏がドアのほうを見て突然弾けるように言った。

よれよれのスエットにパジャマのズボンを穿いた淳二が部屋に入ってきた。でも、娘の顔もロクに見ない。「ああ」と生返事をして窓際のソファにどかっと横になった。腹回りの肉がトドみたいに分厚くなっている。どっからどう見ても、おやじ。しかも、ひどい頭。後頭部の髪だけがドラゴンボールみたいに逆立っている。

玄関のドアが開いたのは午前一時過ぎだった。淳二は金曜の夜はいつも同じ時間に帰ってくる。終電間際まで同僚と飲んでいるというのは言い訳だ。女と会っているに決まってる。

高校の同級生だった淳二には、結婚前も後も熱い感情を抱いたことはない。二十八歳、いくつかの不毛な恋で疲れ果てていたときに、振り向けばそこにいたただの男友達。愛情は育てていくものだって言うけれど、結婚してからも同居人以上の感情は湧いてこなかった。出産してからはずっとリビングの隣の和室で晴夏と一緒に寝起きしている。

淳二はソファの背に体をあずけ大きく伸びをした。目頭をもみほぐすとリモコンを取り、テレビをつけた。年末に解散するSMAPについて、元お笑いタレントの司会者が話している。

「早いもんで衝撃の解散発表から二ヶ月が経ってしまいました。なんでもファンの間ではCDを買って売り上げを伸ばそうっていう草の根運動がずっと続いているそうで。それをSMAPの代表曲『世界に一つだけの花』にちなんで『花摘み』っていうらしいですけどねえ――」

淳二はリモコンで音量をあげ、「寒っ」と呟いてベランダの窓を閉めた。

いつもこれだ。朝の空気をちゃんと味わえばいいのに。目覚めてすぐに大音量でテレビをつけるこの感覚は、結婚して九年経った今でも、受け入れられない。

「ハルちゃん、コーヒーちょうだい」

寝癖でボサボサの髪を掻きながら、淳二が晴夏の背中に声をかける。

「はーい」

晴夏は椅子からジャンプするように降りた。いつの頃からか、淳二は朝食がわりのコーヒーを晴夏にねだるようになった。

「ママ」

晴夏に促され、腰をあげると、キッチンに回った。ミルで豆を挽《ひ》いてドリップで淹れたところでどうせ違いもわからない男だ。インスタントコーヒーの粉を多めにすくって青いマグカップに入れ、お湯を注いだ。

晴夏はカップを両手で包み込んで父親のところまで運んでいく。

「はい、できました」

「おお、ありがと」

ソファの上であぐらをかいていた淳二はコーヒーを美味そうにひとくちすすった。

「あたし、もうすぐ出るから。昼ご飯作っておくけど、なにがいい?」

キッチンから声をかけると、淳二の眉間にシワが寄った。

「また出かけんのか？」

「言ったよね、一昨日の朝に。出かけている間、ハルちゃん、お願いねって」

「聞いてねえよ」

「言ったって。そっちも、テレビ見ながらわかったって頷いたでしょ」

「朝、ドタバタしてるときに言われたって覚えてないって。きょうはこっちも約束があっし。野球の試合が近いからなぁ。どうやっても練習行かなきゃ」

そのビール腹を見れば、わかる。野球の練習なんて出鱈目。

「こっちこそ、そんなの、聞いてない」

「昨日、言おうと思ったけど、寝てたから」

午前一時半には寝てるでしょ、フツー。言い返したかったけれど、晴夏がいるところで、ケンカはしたくなかった。

「美咲、腕の手術して入院してるから、お見舞いに行きたいのよ」

「腕の手術って、骨でも折ったのか」

「テニス肘。腱鞘炎《けんしょうえん》みたいなやつよ」

「あれ？　美咲さんって、テニスやってたっけ？　そういうタイプに見えないけど」

「やってないよ、別に。最近はパソコンとか、スマホのせいで、同じような症状が出る人が多いんだって」

「でも、見舞いに行くなら、なにもきょうじゃなくていいだろ」

「ダメよ、明日には退院なんだし」

「だったらなおさらだって。明日退院すんなら、きょう行ったたって意味ないだろ」

「意味があるとかないとかの問題じゃないの！　野球のほうこそ、我慢してよ。一回くらいパスしてもいいでしょ。それに――」

文句を言っていると頬のあたりに刺すような視線を感じた。晴夏がダイニングテーブルに頬杖をついてじーっとこっちを見つめている。咎《とが》めるような冷たく硬い眼差し。

しまった。あたしとしたことが……。

先々週の土曜日、実家に帰ったときも「母」の前で美咲の話をしていた。

「あと一日で退院できるんですって」

その場しのぎで、テキトーに言い繕っていたのをちゃっかり聞かれていた。反射的に晴夏に背を向け、冷蔵庫をあけた。

「じゃ、いいわ。ハルちゃんはお母さんに預かってもらうから」

これ以上、晴夏に嘘だらけの会話を聞かせられない。

「そうしなよ。ついでに向こうで食事してくれば？　こっちも練習のあと、みんなとメシ食ってくるから」

みんなじゃないでしょ、おんなでしょ。でも、言い返さない。「わかった」と笑顔で頷いた。

「じゃ、俺、シャワー浴びてくる」

淳二は逃げるように部屋を出ていった。

「ハルちゃん、ばあばのとこ行く前にご飯食べておこうか。なんか食べたいものある？」

笑顔で振り返った。少し頬が強張っている。

「ない」

晴夏は椅子から降りて、ベランダの前に行き、窓を開けた。なにを見ているの？　こっちに背を向けたまま動かない。

5

掃き出し窓から入る陽は暖かかった。どこかで秋の剪定《せんてい》をしているのだろう。植木バサミでパチンパチンと枝を切る音がしている。

さっきから庭先で父と晴夏が遊んでいる。

「じいじ、もう一回」

晴夏が父の腰にまとわりついた。

「またかい？　ハルちゃん、何度もやると目が回っちゃうぞ」

「いーの、もう一回、メリーゴーランド！」

晴夏は顎をツンとあげ、父に背を向けると両手を挙げた。「じいじは絶対にノーと言わない」と踏んでいるようだ。一身に愛情を受けて育った者だけに許される強気の態度は絶対に真似できない。

「仕方ないな、これが最後だぞ」

父はやれやれとばかり肩をすくめた。晴夏の両脇に手を差し込み体ごと持ちあげると、ゆっくり回り始めた。

「うわーい」

晴夏は宙に浮いた足をぴんと張り、父と一緒にくるくる回る。

「はい、おしまい」

父は晴夏を地面に降ろした。マスタード色のセーターにジーパン。大学時代、ラグビーで鍛えた足腰は今もそれほど衰えてはいない。それでも六十五歳だ。孫を抱えてふた回りもすると、さすがに堪えるようで、肩で息をしている。

「えー、もっとぉ」

晴夏は恨めしそうに父を見あげる。

「ハルちゃん、そんなワガママ言うと、じいじ疲れちゃうでしょ」

縁側から声をかけた。晴夏は構わず父に寄りかかる。

「じゃ、じいじ、今度は動かなくていいよ。木になって」

「仕方ないなぁ」

父は、腰を低く落とし腕を曲げて差し出す。手を握った晴夏は踏ん張った父の膝をステップに見立て、よじ登っていく。「靴を脱いで」と注意する間もなかった。でも父は怒らない。孫に土足でよじ登られても、目尻をさげたままだ。甲高いはしゃぎ声が十坪ほどの庭に響く。

あたしが子供の頃とはまるで違う。大手鉄鋼メーカーの営業部長だった父は、仕事仕事で忙しく平日はいつも午前さま。休日になれば接待ゴルフか、母校のラグビー部の試合を観にいくか。たまに家にいることがあっても、あたしには目もくれず、「母」とイチャついていた。

親子のふれあいとは無縁だった昔を思い出していると、床が軋《きし》む音がした。ぱんと和室の襖があく。「母」が隣のリビングから茶とカステラを運んできた。

「はい、お茶」

湯呑を置くと向かいに腰をおろした。

「ありがと」

「ハルちゃん、さっきからはしゃぎっぱなしね」

そう言って「母」が茶をすすった。

「そうね。あの子、おじいちゃんに遊んでもらうの、大好きだから」

湯呑の中で茶柱が一本立っている。だからっていいことなんてなんにも起こらないだろうけど。

「それだけかしら。淳二さん、ハルちゃんのこと、あんまり構ってやってないんじゃないの？あの人、すごく情の薄そうな顔してるもの。うちへもめったに顔を見せにこないし」

「母」は庭先に向かってたるんだ顎をしゃくった。

「見てごらんなさいよ、ハルちゃんのあの楽しそうな顔。子供を見れば、どんな生活してるかがわかるわ。あれは絶対に男親の愛情に飢えてるわね」

自分はロクな子育てをしてこなかったくせに。幼児教育の専門家みたいな顔をして、わかったふうな口を利く。

たしかに淳二は育児に非協力的だ。コーヒーを持ってこさせたり、肩を揉《も》ませたり、娘をパシリみたいに使うだけで遊んでやることはめったにない。たまに晴夏がじゃれついても、「パパ、疲れてんだよ」とすぐに身をかわす。父性のひとかけらも持ち合わせてないんじゃないかと不安になることもしょっちゅうだ。それでも、「母」に非難されると、なにかひと言、フォローせずにはいられない。

「そんなことないって。あの人って、ああ見えて、すごい子煩悩《こぼんのう》なのよ。少しでも時間があれば晴夏のこと猫っかわいがりしてるんだから」

満ち足りた結婚生活を送っているみたいに笑ってみせた。こういう見栄の張り方は「母」と同じだ。実の母娘でもないのに、嫌なとこばかり受け継いでしまった。

「だったらいいけど。それより、きょうは遅いの？」

「いや、多分、夕方ぐらいまでには戻ってこられると思う」

「最近やたらと外出が多いのね」

探るような目がこっちを見た。

「そりゃ、うちはいつだって暇してるし。ハルちゃん、預かるのは大歓迎だけど」

「ごめんなさい。昨日突然、ママ友の近藤《こんどう》さんから連絡があって。ちょっと相談したいことがあるんだって。近藤さん、だんなさんとの仲がうまくいってないみたいで。子供には聞かせられないこともあるし……」

晴夏は庭先で「おじいちゃんの木」によじ登っては降りるのを繰り返している。

「おい、そんなにセーターを引っ張ると伸びちゃうよ」

「こら、木は喋らないのよぉ」

「はいはい、お嬢さま」

陽だまりの中で孫によじ登られる父の頬は緩みっぱなしだ。でも……。お父さん、きょうは十月二十二日よ。なんの日か忘れちゃったの？

隅に置かれた整理ダンスの上に小さな仏壇が居心地悪そうに載っかっている。母の遺影はうっすらホコリをかぶっている。香炉には線香も立てられず、白い灰がこんもり溜まっている。

向かいに座る「母」は木目の皿に載ったカステラに刀剣のようにフォークを突き刺した。この薄情な妹も三十一年前のきょうこの世を去ってしまった姉のことなど忘れてしまったのだろう。

「ハルちゃーん、カステラ切ったよ。じいじとばっかり遊んでいないで、ばあばのとこにも来てよぉ」

実の姉にも、その娘にも愛情を示さなかった「母」は猫撫で声で孫の名を呼ぶ。

「あたし、そろそろ行かなきゃ。じゃ、晴夏のこと、よろしくお願いします」

「母」の顔を見ずに腰をあげた。


線路沿いをまっすぐ歩いていると、雑居ビルの軒先に「ネルドリップの店」と書かれた赤い看板が見えてきた。

入り口は狭い。地下に続くアンティークレンガの階段を降りていく。ここに来るのは三度目だ。いつ来ても「お店やってるよね?」と不安になる。それくらい暗くて静かだ。

木製の重い扉を開けた。焙煎《ばいせん》仕立ての豆の香りが漂ってくる。

「いらっしゃいませ」

ゴマ塩頭に顎鬚《ひげ》を生やした店主が出迎えてくれた。五十代半ばくらいだろうか、暗くて年齢がよくわからない。ブルースが流れる店内は、静かだった。

カウンター席に常連らしきカップルが座っているだけで、反対側のテーブルは三つとも空いている。右奥の白壁で仕切られた半個室に行った。木製ランプの光が揺れている。

店主が注文をとりにきたのでブレンドを頼んだ。待ち合わせの時間までは、まだ二十分以上ある。バッグから読みかけの文庫本を取り出す。正平から借りたミステリーだ。前半を二十ページほど読んで、真犯人は夫を惨殺《ざんさつ》され憔悴《しょうすい》しきっている三千花だと思った。主人公の捜査一課の警部補、山下も三千花の言動に違和感を覚えるようになる頃、新たな殺人が起こる。でも、これは序章にすぎない。第二部になると、三千花の壮絶な過去が明かされ始める。

　この先、どんな展開になっていくのか。数ページめくったところで、中にはさまっていた紙が出て来た。人気書籍のチラシだ。〈話題の新書　たちまち四十万部突破！『消えてください！お母さん』上条眞理子著〉と書かれている。

「過剰な干渉、束縛。心に重くのしかかる母という存在。娘たちは母を恨みながらも、その支配から逃れられず苦しみ続ける。でも、いつの日か母は超えられる！　だから、今すぐ、いい娘を演じるのをやめなさい――気鋭の精神科医が膨大な臨床ケースをもとに母と娘を開かれた関係へと導いていく救済の書」

　紹介文の上にピンクのスーツを着たおかっぱ頭の女が写っている。グロスでテラテラに光るコーラルピンクの唇を見ていると、むしょうに腹が立ってきた。気鋭の精神科医だかなんだか知らないけど、こんな本、誰が買うんだろう。家族のことをしたり顔で説くこのテの人間を見ると、ほっといてくれと叫びたくなる。いい娘を演じようと演じまいとこっちの勝手だ。なにが「膨大な臨床ケース」だ。たとえカウセリングを受けたとしてもあたしは本当のことなんて絶対に話さない。こんな新書一冊で解決できるほど、母娘の問題は単純じゃない。

五つのときから母に、いや、母のふりをした女にずっと苦しめられてきた。褒められたこともない、抱きしめられたこともない。「母」が触れてくるのは体罰だけ。叩かれるか、つねられるか。そばにいるだけで息が詰まった。そんなあたしに向かって「母」は言った。「なんであなたはそんな陰気くさい顔すんの？」

結婚をして家を離れさえすれば、この辛さから逃れられると思っていた。でも、現実はそんなに甘くなかった。「母」は今も背後霊みたいに重くのしかかってくる。晴夏と遊んでいるとき、いかにも仲がよさそうな母娘とすれ違ったとき、テーブルを囲む幸せそうな家族が出てくるＣＭを見たとき……それは、なんの前触れもなく発作みたいに訪れる。「母」の理不尽な仕打ちへ対する怒りが体の中をかけめぐり、頭の奥がジーンと痺れたみたいになる。

チラシを握り潰そうとして手が止まった。いけない、これは借り物だった。文庫の前のほうに差し込んだ。

ロイヤル・コペンハーゲンのカップに入ったコーヒーが運ばれてきた。すぐにカップを傾けた。ほどよい苦みが広がっていく。思わず息を吐いた。今のあたしになくてはならないひととき。人でなしの「母」に娘を預けてまで、誰にも邪魔されない時間を確保せずにはいられない、あたしの気持ちは誰にもわからない。わかってほしくもない。

コーヒーをもうひとくち飲んで、読みかけの文庫本を手に取った。

物語は徐々に面白くなっている。チラシがもたらした不愉快さはすぐに消え、主人公の山下に感情移入できた。夢中でページをめくる。もう少しでかつて三千花の母を殺《あや》めた犯人が明かされる。多分あの人に違いない。すばやくページをめくったときだった。背中に冷水を浴びせられたみたいな恐怖が走った。

「杉ちゃん、正平を取らないで」

ページ上に鉛筆で書かれている右肩あがりに角張った筆圧の強い文字は間違いなく美咲のものだ。文字のすぐ脇に目がいった。

119

「結婚した日は絶対忘れないの、だって、ひゃくじゅうきゅう番だもん」

やけにはしゃいだ声が蘇る。十一月九日は正平と美咲の結婚記念日だ。だからって、なにもこのページに書き込まなくても。

美咲はこの本をあたしが読むと知っている。ということは……。正平とのＬＩＮＥもずっと前からチェックしていたんだ。

〈この前はチョー楽しかった〉

〈今度いつ会える？〉

〈次こそゆっくりできるんだろ？〉

ふたりの密会を匂わすトークもすべて見ているはずだ。二週間前に比呂美と一緒に家に行ったときはそんな素振り、まったく見せなかった。正平とのセックスレスを嘆いてみたり、あたしのリア充アピールを真に受けて羨ましがってみたり。そうやって、こっちの反応をうかがっていたのか。杉ちゃん、正平を取らないで。これはあたしへの宣戦布告？　心臓の鼓動が痛いほど速くなっている。

そうだ、消しゴム。咄嗟にバッグをのぞいた。やだ、なにやってるんだろう、あたし。消しゴムなんて持ってるはずない。落ちつけ、心臓。このメッセージを消す必要なんてない。たかが六百円の文庫だ。こんなの借り逃げ。もう二度と正平に会わなければいいんだ。愛と友情、どっちを取るか。悩むほどのことじゃない。

美咲のことを好きかといえば、それほどでもない。大学でなんとなく仲がよかったグループの中のひとり。その程度だ。正平のことだって「友達の夫」という肩書きとガタイのよさが気に入っていただけ。ただ、あたしは秘密を持ちたかった。でも、ふたりの仲はバレてしまった。秘密が秘密でなくなったら、もはやなんの価値もない。バッグの中でスマホが震えた。正平からのＬＩＮＥだ。

〈ごめん、電車に乗り遅れた。十分くらい遅れる〉

よかった。余裕でここから逃げられる。速攻でＬＩＮＥとメールをブロックする。カップに残ったコーヒーを飲み干し、席を立った。

6

午後の光は薄まって、なだらかな参道の敷石に杉木立が長い影を落としている。カラスがひと声鳴いて、頭の上を横切っていった。

「うちのお寺はね、江戸時代には、十一代将軍が鷹狩《たかが》りのあとに休憩所として使った由緒あるところなのよ」

いつだったか、「母」が得意げに話していた。第一京浜《けいひん》の脇にある小さな山門からは想像もつかないほど、この寺は奥行きがある。杉木立が途切れた先に漆喰《しっくい》の塀が連なっている。ここからが墓地になる。門をくぐってすぐ右にある手桶置き場に行き、手桶に水をくみ、抱えていた花と一緒に持った。

ところどころに生えているクスノキの老木が空を覆うように禍々《まがまが》しく枝を広げていて、あたり一面は薄暗い。朽葉《くちば》を踏みしめながら歩いていくと、なぜだか落ち着いてくる。

昔はここを歩くのが苦手だった。グリム童話の暗くて怖い森の中にありそうな大きな木。目の前にそびえる太いコブだらけの幹。地獄への矢印みたいな色褪《いろあ》せた木のお墓。恐ろしくって下を見て歩いていると、カラスが不気味な声で鳴いた。前を行く新しい「お母さん」は振り向きもしない。パパに寄り添って楽しそうに腰をふっていた。ここから逃げ出したい。でも、もう少し行けば、ママに会える。心の中でお話しできる。泣き出したいのを我慢して、前に進んでいった。

大小さまざまな墓碑が並ぶ中を五メートルほど行くと、黒御影石の五輪塔が立っている。クスノキの老木をはさんだその隣に、灰色の平凡な墓がある。母はここに父方の曽祖父母や祖父母と共に眠っている。花立ての和菊は花びらをすべて落とし、茎にしがみついている葉もからからに干からびている。

都営浅草線で十分。駅からそう遠くない距離なのに、父や「母」はめったに足を運ばない。淳二をここに連れて来たこともない。結婚する前に母と死別したことは伝えたけれど、ひとりで墓参りに行っていることは話していない。

「実の母のことは、ほとんど覚えてないの。だって、あたしのことを今まで育ててくれた今のお母さんが本当のお母さんだと思ってるから」

心にもないことを言って、今の「母」との仲良しぶりをアピールした。あれきり淳二も母のことは訊いてこない。この先、晴夏を連れてくることもない。月に一度の母との語らいは誰にも邪魔されたくない。

家族とではなく、ひとりでここに来るようになったのは中学生になってからだ。小遣いで買った花を供えて、日が暮れるまで母と話をした。聞いてほしい秘密がたくさんあった。日の光や風の囁《ささや》き、木々のざわめきが突然娘とのコミュニケーションを断たれた母の、相槌のように思えてならなかった。

墓のまわりには落ち葉が散っていた。お供えの花の包みを解いて、そこに拾い集めた落ち葉をまとめた。ひしゃくで水をかけ、撫でるようにして墓石を洗う。一ヶ月間、雨風にさらされた墓の上から灰色の水滴が涙みたいに流れ落ちた。

「ママ、淋しくなかった？」

いい年した女が「ママ」なんてどうかと思う。でも、そう呼びかけずにはいられない。三十三歳で逝《い》った母は永遠に年をとらない。いつの間にか母の年を越えてしまった。でも、ここでのあたしは五歳のまま。

そういえば、「母」のことは一度も「ママ」と呼んだことがない。どうしても二人称で話さなければいけないときは「母」を顎でしゃくった。

「なんなの、憎たらしい顔して。人のことを顎でさすなって言ってるでしょ。なんで同じこと、何度も言わせんの？　ちゃんとママって呼びなさい」

そのたびに頬を強くつねられたけれど、死んでもママとは呼びたくなかった。仕方なく「お母さん」と小さな声で言ったっけ。

花立てから、干からびた花を取りのぞき、買ってきた百合を挿し入れた。開きかけの花と蕾《つぼみ》のバランスがうまくとれず、何度も向きを変えた。

「よし、できた」

バッグから線香を取り出し、火をつける。風が少し出てきたみたいだ。線香の煙がきょうはやけに目に沁みる。拝石に中腰になって手をあわす。

「ママがいなくなってもう三十年になるんだね。でも、ママは、あたしの中ではずっと生きてるから」

さっきから心の奥でわだかまっていることを早く聞いてほしかった。

「この前、話したでしょ、正平のこと。あれ、美咲にバレちゃってたみたい。正平に借りた本を読んでたら、警告文みたいな美咲のメッセージが書いてあって、ぞっとしちゃった。

あたし、ちょっと、美咲のこと甘く見てたみたいだね。正平とは即終わりにしたよ。美咲の前では『あたし何も知りません』って顔して、無実オーラを漂わせるつもり。最初は焦ったけど、なんとか切り抜けられそう。だけど、今、すごく辛いの、あたし。なんだろう、この感じ。心にぽっかり穴があいたみたいな……」

美咲を裏切っていた罪の意識じゃない。正平にもう会えない悲しさでも、もちろんない。喫茶店からここに来るまでの間、この哀しさの理由をずっと考えていた。

「多分、あたし、秘密がなくなるのが嫌なんだと思う。お父さんやお母さん、淳二に晴夏。誰にも言えない秘密をママとこうしてここで共有することが、あたしの密かな楽しみっていうか、慰めっていうか。そうしてないと、心のバランスがとれなくなるっていうか」

なんでだろう。なんであたしはこんな人間になってしまったんだろう。

「ねぇ、ママ、あたしの秘密好きはやっぱりママ譲りなのかな」

あれは母が亡くなる少し前だった。父は接待ゴルフにでも出かけていたのだろうか。日曜日だったのに、家にいなかった。

子供部屋で昼寝をしていたのに、なぜか急に目が覚めた。お腹がゴロゴロして仕方なかった。ママはどこ？　部屋を出て短い廊下を渡り、リビングのドアを開けた。

なんで？

ソファで抱きあっていた母とマモルおじちゃんが目を丸くしてこっちを見た。おじちゃんは母からパッと離れ、何事もなかったみたいに背筋を伸ばし、母は手ぐしで髪の乱れを直した。

あのあと、どういう態度をとったのか。そこで記憶が途切れている。

父のラグビー仲間だったマモルおじちゃんと母が同時に浮かべた気まずそうな表情だけが目の裏に焼き付いている。

あれからどれくらい経っていたっけ。母の葬式のときに、マモルおじちゃんは、目を真っ赤に泣き腫らしていた。母が亡くなってから、何度もあのリビングの光景を思い出すけれど、今も昔も不思議と母を責める気にはならない。

母はマモルおじちゃんをそれほど好きじゃなかったんじゃないかと思う。ただ、なにかを求めていた。というより、現実を忘れたかっただけかもしれない。あたしが満たされない今の暮らしから、束の間の秘密の世界に逃げ込んでいるみたいに。

いつの間にか、拝石の上にぺたりと座っていた。

「ねぇ、ママもあたしも、淋しい女なのかな」

ひんやりとした風がクスノキの梢《こずえ》を揺らしている。さわさわと鳴る葉音が女のすすり泣きみたいに聞こえてきた。

母の？　それともあたしの？

五章　紐帯《ちゅうたい》

1

美咲はカッターナイフを握った。

右手の親指の背でゆっくりと刃を押し出す。

カチ、カチ、カチ、カチと小気味よい音をたて刃先が飛び出してくる。

スライダーを引き、元に戻した。もう一度、押し出す。カッターナイフを顔に近づけてみた。

窓から入る光で銀色の刃先がきらめいている。

狭苦しいソファから降り、フローリングにぺたりと座った。コーヒーテーブルの上にあった短い鉛筆を握る。

SU-BISHI　UNI。

ずっとペンケースに入っていた鉛筆の金文字は剝《は》げ、小さな歯形があちこちについている。特に後ろがひどい。えんじ色の塗料は剝げ、剝《む》き出しになった部分はガタガタだ。カッターナイフの刃を汚れた鉛筆の先に立てる。右手の親指を刃の背中にあて、残りの指で軸をまわしながら削っていく。広げたティッシュの上に反り返った削りかすが増えていった。薄く、もっと薄く。そう言い聞かせていると、涙が零《こぼ》れ落ちた。

ぽたり。

削りかすの上にタバコの灰が落ちた——。

いつのことだったか。父が古道具屋で買ったちゃぶ台の前に胡坐《あぐら》をかいて、カッターナイフで鉛筆を削っていた。リビングというより茶の間という言葉のほうが似合うすすけた和室で。くわえタバコで眉間に深いシワを寄せて……。

美術教師をしていた父はデッサン用の鉛筆を削るのを日課にしていた。あの日はなんであんなに不機嫌そうな顔をしていたのか。

ヤバい、力が入りすぎた。木の部分が不格好にえぐれてしまった。どうして父のことなんて思い出したんだろう。

ちゃんと集中しなきゃ。親指を押し出し、慎重に削っていく。細く、細く先を尖らせる。できた。

ソファの上にあった文庫本を手に取った。

『満月と罠《わな》』。

夫の正平が浮気相手に貸そうとしているサスペンス小説だ。ワインレッドの表紙に栃野《とちの》樹《いつき》と作家の名前が印刷されている。ＩＴＳＵＫＩ　ＴＯＣＨＩＮＯ。男か女か、性別不明だ。シワが寄らないように、文庫本からカバーをはずす。「読みだしたら、止まらない‼　秘密の先を知りたいから」

どうして人は秘密の先を知りたがるのか。

昨夜、正平の入浴中に盗み見たＬＩＮＥは、この本のことで盛りあがっていた。小説をほとんど読まない人間にはついていけないトークが続いていた。

〈「満月と罠」読了。チョー面白い！　山下警部補シリーズの最高傑作！〉

〈マジで？〉

〈あの長谷川《はせがわ》警部も友情出演するし。次、会うとき、持ってくから〉

〈楽しみにしてる☺〉

なにこれ？　会うってどういうこと？　読みながら体が震えていた。全身に広がっていった怒りの火はまだ消えない。

文庫本のページをぱらぱらとめくる。はらりと人気書籍のチラシが出てきた。いつまでもチラシをはさんでおくのは正平の癖だ。すぐに元に戻してまためくる。１１９ページで手が止まった。ここだ、書くならここしかない。十一月九日。ひゃくじゅうきゅう番の日。あたしたちの結婚記念日。左下を拳固《げんこ》で押さえ、ページ上の余白部分に鉛筆をあてた。落ち着け！　と言い聞かせても指に力が入る。

木ヘンのつもりが太く粗い「木」になってしまった。右側にカタカナの「ノ」を小さく縦に並べて書いていく。左払いの最後の最後まで力が抜けない。角張ってバランスが悪い「杉」ができあがった。続けて「ちゃん」と書いていると、怒りが指先まで伝わってきた。なんであんな裏切り者に「ちゃん」をつけているんだろう。

下膨れの女の顔が浮かんでくる。大学時代の仲良し五人組のひとり。みんなで写真に写るときは必ずセンターに陣取る、ちょっと派手めで、男好きするタイプ。端っこで伏し目がちに写るあたしとは対照的だった。

でも、あれから十五年以上も経っている。結婚して一児の母になった杉ちゃんにかつての華やかさはない。自慢の黒目がちの瞳もちょっと笑っただけで深いシワが寄るようになったし、ファンデを厚塗りしても下まぶたの黒ずみは隠せない。頬のあたりだって、たるんで輪郭がぼやけてきた。たまにみんなで会っても「もうおばさんだからネタなくて。恋バナなんてついていけないよ」と、とっくの昔に恋愛から降りたような顔をしているのに、嘘ばっか。たった一回、駅前のイタリアンで正平と三人で食事しただけで「敵」になるなんて。

いったい、いつの間にふたりは連絡先を交換しあったのか。

あたしがトイレに立ったとき？　それとも傘を忘れて店に取りに戻ったとき？　思い出そうとしてもうろ覚えだ。それくらい盛りあがってなかった。友達にドタキャンされた正平がヒマそうにしていたから、杉ちゃんとのランチに誘っただけ。杉ちゃんだって「だんなさん一緒でも、全然オッケーだよ」と言ってたわりには、テンションが低く、どこに住んでいるとか、娘の話とか、ありきたりの話しかしなかった。店にいた一時間半が長く感じられたくらいだ。

正平から聞いた杉ちゃんの印象といえば「やっぱ一児の母になると、落ち着いてるね。共通の話題もあんまりないしな。美咲のほうがずっと若く見える」だった。まさか杉ちゃんに気があるなんて、考えもしなかった。

LINEを見る限り、先に手を出したのは正平だ。結婚して一年も経たないうちに、妻の友達に手を出す男なんてサイテーだ。でも、友達の夫の誘いに応える女のほうがもっと悪い。杉ちゃんは昔から、あたしのことをどっか小バカにしてるようなところがあったけれど、いくらなんでも、度を越している。許せない。

ありったけの憎しみを込めて「杉ちゃん」のあとに読点を打つ。これで杉ちゃんとの友情は終わった。もしかして、はじめから友達なんかじゃなかったのかもしれない。ただ同じグループにいただけ。詮索好きの他の友達の手前、絶交はしない。だけど、あたしは一生、あの女に心を開かない。面と向かって文句を言ったところで、杉ちゃんはシラを切り通すだろう。「えー、なに言ってんの、美咲どうかしたんじゃない？」

あの人を食ったような目で見つめられると、なぜか言い返せない。だから、一方的に言いたいことだけこの文庫に書く。そこで正平に知らせるか、自粛して会わないか、それは杉ちゃんの自由。とにかく、即刻あたしの夫から手を引いて。じゃないと、次はなにするかわからない。仏の顔は三度まで。だけど、あたしは一度だけ。わかってる？　ほんとはあたし、あんたのこと呪ってやりたいくらい、怒ってるんだから。

かすかにミシッという音がした。

使い古しの割り箸みたいに湿った侘《わび》しいにおい。気がつくと、右の犬歯で鉛筆のお尻を噛んでいた。ずっと忘れていた昔の癖。傷ついて、悔しくて、ものすごく腹が立っても、いつも言葉にする前に飲み込んでしまう。行き場を失った怒りを抑えるために、鉛筆を噛んできた。哀しく硬い歯ごたえ。ガリリと噛んだあと鉛筆を握りなおした。

正平を――。

そこまで書いて呼吸を整えた。

「取らないで」

昨夜からずっと考えていた文言を続けようとした瞬間、芯の先がぽきっと折れた。黒い粉が文字のまわりに散った。急いで払うと、小指の脇が黒く汚れた。もうヤダ。なにもかもヤダ。ヤダヤダヤダ。鉛筆をフローリングに叩きつけた。

畳に落ちて転がっていく鉛筆を止めたのは、毛玉だらけの靴下をはいた足だった。

「なにしてんのよ、行儀が悪いっ」

キンキン声が散らかった和室に響く。

「あんたはなんでそうやって、すぐ物を投げるのよ？　ったく誰に似たのか、気が荒いったら、ありゃしない」

よれよれのスエットの上に〈恵和　ＳＯＦＴＢＡＬＬ〉と書かれたジャージを羽織ったお母さ

んが仁王立ちしている。吊りあがった目がちゃぶ台の上の学習ノートを睨んでいる。すぐに描きかけの絵を肘で隠した。でも、間にあわなかった。タバコを吸っているお父さんの顔を見られてしまった。

「なに、落書きなんかしてんのよ。漢字の練習するんならする、鉛筆削るんなら削る、ひとつのことに集中しろ」

お母さんは鬼みたいな顔をして拾った鉛筆を振り上げた。刺される！　怖くて身を引いた。バキッという音を立てて、ちゃぶ台にふり降ろされた鉛筆がへし折れた。削りかけていた芯は粉々にくだけて、木の部分がぐちゃりと潰れている。なにするの？　これ、お父さんの思い出の鉛筆なのに。

「ごめんなさい」

頭をさげながらカッターナイフを後ろに隠した。

「ごめんなさいって、あんたはそうやってすぐ謝るけど、ほんとに反省してんの？　どうせまた口先だけだろっ。なにが悪かったたか、ちゃんと言ってみろ」

お母さんはどすんと大きな腰をおろす。コンコンコンコンコン……。早く言え！　とせかすみたいに折れた鉛筆でちゃぶ台を叩く。

「あたしは……お母さんから、漢字の書き取りをしなさいと言われたのに、ノートの端に落書きをしていました。そしたら、鉛筆が短くなってきたので削ってると、上手に削れなくて……イライラして鉛筆を投げてしまいました。すごく乱暴でお行儀が悪かったので、いけなかったと思います」

そこまで悪いことなのか。そこまで怒られることなのか。いきなり、大声で喚いて、ちゃぶ台に鉛筆を突き刺すほうがずっと乱暴な気がする。また、学校で嫌なことがあったの？　仲の悪いシスターに文句を言われた？　でも、あたしには関係ない。自分がイライラしてるからってあたしにぶつけなくてもいいじゃない。そういうの、八つ当たりっていうんだよ。口を一文字に結んでお母さんを見あげた。

「なに、その反抗的な目は？　あたしはあんたのために言ってんのよ。文句あんの？」

「いえ……、ごめんなさい」

後ろに隠したカッターナイフをぎゅっと握りしめた。

2

開け放したままのスーパーの出入り口をくぐった。エコバッグの中にはツナ缶ふたつとコンソメひと箱。傾き始めた陽がアスファルトに薄い影を作っている。細長い影法師を見ながらとぼとぼ歩いていく。正面の線路を走る銀色の電車が西日に照らされて、さざ波みたいに光った。

信号の先にある理髪店の前でトリコロールのサインポールがくるくる回っている。薄手のニットに裏起毛のパーカーを羽織っていると、ちょっと汗ばんでくる。きょうは、というか、きょうも十月の下旬とは思えない暖かな一日だった。季節はずれの生暖かい風が頰を撫でる。はぁーと大きな溜め息を吐いた。なんだか調子が狂ってしまう。一年前とはまるで違う。

去年の十月が懐かしい。正平との式を目前に控えていて夢見心地だった。三十五歳と七ヶ月。派遣先の会社と家の往復で出会いなんてなにもなく、どうしようもなく焦って出席した婚活パーティーで正平に出会った。顔よし、性格よし、給料よし。頭が薄いのをのぞいたら、最上級といってもいいくらいの掘り出しもの。三十一歳のとき突然別れを切り出してきた直人《なおと》よりずっといい男。

その正平があたしを気に入ってくれた。そのうえ、「ばあちゃんが完全にボケる前に晴れ姿を見せたい」と三回目のデートで言われた。運命の神さま、本当にありがとう。夢みたいな展開に何度も手をあわせた。なんでこんな素敵な人がプロポーズしてくれたのか、不思議だった。でも、今ならわかる。正平はただ「結婚」したかっただけ。相手は誰でもよかった。地味で家事をしっかりやってくれそうで十人並みの器量のあたしにたまたま出会ったから、「これでいっか」と妥協しただけ。欲しかったのは従順なハウスキーパー。

だから、三ヶ月もしないうちに倦怠期に突入した。土日を一緒に過ごすことなんて、ほとんどない。「式を挙げた途端、急に冷めちゃった、ていうか、燃え尽きちゃったんだよね」なんて、まわりには強がって見せているけど、そんなの嘘。本当のところは、毎日、歯ぎしりするくらい悔しい、淋しい。やってらんない。

正平はきょうも昼前にいそいそと出かけていった。いつの間に買ったのか、真新しいブルーのシャツを着て。「フットサルの練習」という口実は、さすがに使いすぎて「嘘クサい」と思ったみたいだ。「高校時代の親友が友達の結婚式でこっちに来てる」ときた。自分ではもっともらしいことを言ったつもりだろうけど、全然もっともらしく聞こえなかった。正平は浮気している。しかも、相手はあたしの友達。でも、騒がない。気づかぬふりをして、正平の心が戻ってくるのを待つつもり。今さら、恋愛めいたものを求めたりはしない。ちゃんと向き合っていけば、いつか温かな情がきっと生まれてくるはずだ。正平とちゃんとした家庭をつくっていきたい。だから、よそ見なんてしないで。

信号が青になった。

気分が落ちていると、足取りまで重くなる。きっとまた猫背になっている。

〈あいつ、辛気くさくてさ〉

正平がＬＩＮＥであの女に愚痴っていた。どこから仕入れたのか、猫背のおばさんのスタンプつきで。

〈辛気くさいとは思わないけど、たしかに猫背だよね。３センチは低く見える。１６８センチもあるって聞いて（@_@）したもん〉

〈マジで?・〉

〈知らないの？　妻の身長〉

〈志穂ちゃんのはスリーサイズまで知ってるのにな〉

志穂ちゃん……。杉ちゃんのこと、下の名前で呼ぶんだよね、正平は。本当にサイテーのふたり。背筋を伸ばし、大股に進んでいく。これ以上、あのふたりのことを考えても、怒りが増すだけなのに、考えずにはいられない。あの人は杉ちゃんと会っている。きっと今頃、ふたりで盛りあがっている。

〈じゃ、明日はあたしの行きつけの店で待ち合わせにしよ☆二時半でよろしく〉

杉ちゃんは食べログのURLを貼りつけていた。薄暗くて昼でも夜っぽい、舌を噛みそうなくらい長い名前のこじゃれたカフェ。

〈了解。明日はゆっくり会えるんだよね〉

〈多分、大丈夫！〉

ここ数日、ふたりの間で交わされたトークを見る限り、杉ちゃんはまだ文庫本に書いたメッセージに気づいてない。早く気づけって。

信号を渡り終えた。数軒先に真っ黄色の看板が見えてきた。馴染みのドラッグストア。小さく息を吐き、呼吸を整えた。アレを買わなきゃ。店に入ろうと、踏み出した足が止まった。エコバッグの中で、ツナ缶がカタッと音を立てた。ダメだ。今はまだ心の準備ができていない。

ドラッグストアの四軒隣にあるコーヒー屋に入った。ついこの間までは、白っぽい店内だったのに、いつの間にか木目を基調とした内装に様変わりしている。厚手のニット姿の客もちらほらいるけど、暖房が効きすぎて暑い。パーカーを脱いで、ニットの袖をまくった。

窓に沿ったL字型のカウンター席はおひとり様で埋めつくされている。レジに並び、ホットティーを頼んだ。ドリップコーヒーがウリのチェーン店で紅茶を頼むなんて間抜けな気がする。でも、このところ体がコーヒーを受けつけない。胸のあたりになにかがつまっているみたいで食欲もない。やな予兆……。

「てか、美咲、おめでたじゃね?」

この間、比呂美が家に遊びに来たとき、細い目を輝かせて言っていた。その隣で杉ちゃんがじっとこっちを見ていたから、咄嗟に否定したけれど、たしかに生理は遅れている。前回から一ヶ月くらい。ときどきお腹が引っ張られるように痛かったりもする。

でも、もともと不順なほうだった。ごくたまに正平とセックスするときも、そうならないように気をつけてきた。正平と杉ちゃんの件で、ストレスが溜まっているせいだ。もう少し、様子を見なきゃわかんないって。

「ホットティーのほうになります」

若い女の店員が差し出したトレイを受け取り、奥に向かった。通路を塞ぐベビーカーを避け、観葉植物のすぐ横の席につく。BGMにフレンチポップスが流れている。聴いててイラッとする舌足らずな歌声。この曲なんていうんだっけ？　この手のコーヒー屋でよく流れている。たしかあれ、有名なバッグの……。そう、ジェーン・バーキンのだんなさんが作った……。

なんなんだろう。最近、全然、固有名詞を思い出せない。三十六歳って、そういう年齢なのか。こんなおばさんで、おめでたなんて、ありえない。というか、全然めでたくない。考えただけで、ぞっとする。あたしがママだなんて。

「まだなの？」「いつなの？」「早くしないと……」。結婚して十一ヶ月。大姑、姑、小姑がトリプルで妊活プレッシャーをかけてきても、「はい、努力はしているんです」とごまかしてきた。結婚がしたい、一日も早く実家を出て新しい人生を歩みたいとずっと願っていたけれど、子供が欲しいと思ったことは一度もない。

もしも子供ができていたら、正平の気持ちも変わるだろうか。もっと家庭をかえりみるようになってくれるだろうか。

多分、そうはならない。なによりあたし自身が、少しもカスガイにならなかった。夫とふたりで暮らしていくのさえ、あたふたしているのに、もうひとり、別の、自分ではなにもできない生き物が家族に加わるなんて、考えられない。デニムのスカートの上からお腹を触ってみた。ぺったんこだ。ママ……なんて絶対にないから。

そうだ、セルジュ・ゲンスブール。突然、名前が降りてきた。そういえば、あの悪そうなおっさんは正平の上を行く女好きだった。あ、ヤバい。マグカップをのぞくと、飴色の液体が黒ずんでいる。慌ててティーバッグを引きあげ、カップの脇に置いた。トレイの上に紅茶がじんわり染み出ていく。

なんだか頭の中がぐちゃぐちゃだ。正平と杉ちゃんの裏切り、そして妊娠疑惑。イラつきと腹立ちと困惑と戸惑いが一緒くたになっている。

向かいの席で赤ん坊がぐずり始めた。おひとり様が多い店内で超音波みたいな喚き声だけがキンキン響く。二十代半ばの母親が縦抱きにした赤ん坊の背中を恍惚《こうこつ》とした表情で撫でている。ショートカットにベージュのパーカー。目鼻が小さな地味顔の女だ。

通路をはさんだ隣で、打ち合わせをしているスーツ姿のふたり組も非難めいた視線を送っている。もしも自分が同じ立場だったら焦って赤ん坊の口を手で塞いだりするかもしれない。だけど、この若い母親は違う。どこまでも悠然と構えている。

「ゆーたん、どしたのぉ？」

ベージュのロンパースを着た赤ん坊はまるまると太っている。

「ほーら、よしよし。お腹空いたの」

母親はピンクのマザーバッグから、赤ん坊用の白いせんべいを取り出して封を切ると、小さな口に運ぶ。

「ごめんねー、ママ、気づかなくって」

甘ったるい声が赤ん坊を包み込む。こういう声ってどうやったら出せるのか。男に対して出す作り声とは似ているようでまるで違う。奇妙な抑揚、過剰に伸ばす語尾。この母親はいつまで我が子にこの作り声で話しかけるんだろう。片言が話せるようになるまで？　物ごころつくまで？　あたしも赤ん坊の頃は、母にこんなに甘ったるい声で話しかけられていたのだろうか。いや、そんなわけない。傍にあったレシートをぐしゃりと握り潰した。

「どうしてあんたはそんなにグズなの？」

「なんでそんなに風邪ばっかり引くの？　あたしの仕事を邪魔する気？」

記憶の中の母の声はいつだって甲高く尖っていて、あたしを責め続ける。

ぐずり声が止まった。その瞬間、母親と目があった。無理矢理、笑顔を作った。頬のあたりが思い切り引きつっているのが自分でもわかる。

やっぱり子供なんて嫌いだ。こんな訳のわからない生き物と暮らしていくなんて考えられない。ましてや母になるなんて……。

母親を憎む女には二種類のタイプがある。その存在を反面教師にできる女とできない女。自分は間違いなく後者だ。体裁ばかり取り繕おうとするところ、気を抜くとすぐに動作が荒くなるところ、そして子供を見ても少しもかわいいと思えないところ……。母との共通点を発見するたびに、自分に言い聞かせてきた。あたしは絶対に母親にはならない。もしも産んだら、母みたいになって子供にあたしと同じ理不尽な思いをさせてしまう。そんな悲しい子供をこの世に送り出してはいけない。

向かいの赤ん坊はなにがツボにハマったのか、今度は、すごいテンションではしゃぎだした。うるさい、なんとかして。紅茶のカップを傾けた。タンニンの渋味が濃く、吐き出しそうになった。みぞおちあたりから不快な塊が込みあげてくる。

……つわり？　違う。はた迷惑な母子を見ていたら、ムカついただけ。キャッキャッと神経に障《さわ》る高い声が静かな店内に響いている。

3

コーヒー屋をあとにした。アスファルトに伸びる影がまた少し長くなったような気がする。二百五十円も払ったのに、向かいの赤ん坊がひっきりなしに騒いでいたせいで、滞在時間はたったの十五分。ぐちゃぐちゃの頭の中は整理できなかった。

来た道を戻って、さっき通り過ぎたドラッグストアの前に着いた。ハトの絵が描かれた真っ黄色の看板を見あげる。きょうはやけに敷居が高く感じる。

店内に入って天井からぶらさがっているボードを目で追った。多分、あそこ。「サニタリー」の看板の下だ。まわりに他の客はいない。店の奥に突き進み、棚の前まで行く。昔から、この空間は苦手だ。下半身絡みのものを買うところを他人に見られたらどうしよう。そう思うだけで、動きがぎこちなくなってしまう。生理用ショーツ、生理用品、コンドーム、女性用潤滑剤……。

何気なさを装って、上から順に見ていった。ない、どこよ？　と思ったら、あった。〈人生が変わる０・02ミリ〉と書いてあるコンドームの隣に縦長の箱がいくつか並べてある。

「すみません」

カゴを持った若い女が後ろを通り過ぎていった。背中に刺すような視線を感じる。なにひとつ悪いことをしていないのに、鼓動が速くなる。なんか挙動不審になってる？　目の前にあった箱をサッと掴んで、壁際のレジに向かった。

マジで？　縁なし眼鏡と塩顔と薄毛のおじさん。選りによって三人とも男……。手に持った妊娠検査薬を握りしめた。見も知らぬ男たちの前にこれを差し出すなんて。「あたし今からこれにオシッコかけるんです」と公言するようなもんだ。そんなの絶対、無理。

「あの、そこ並んでるんですか」

後ろで、いぶかるような声がした。振り向くと、サラリーマン風の男が12ロールのトイレットペーパーを二つ、抱きかかえるようにして立っている。その後ろにも中年女がひとり。

〈こちらにお進みください〉

足もとを見ると、赤い誘導矢印のテープが三方向に向けられている。知らないうちに、列の先頭に立っていた。慌てて塩顔の男がいる真ん中のレジへと進んでいった。

テーブルの上には箱がひとつ。さっきから頬杖をついて眺めている。

〈自分で簡単　たった一分で判定　九九％の正確さ〉

派手なピンクの文字で書かれている。ドラッグストアで死ぬ思いで買った妊娠検査薬。「袋要りませんから」。それだけ言ってレジでは一度も視線をあげなかった。おつりなしで代金を払うと、逃げるようにして店を出てきた。

カンカン　カンカン

カンカン　カンカン

また始まった。金属質の音が聞こえてくる。先週の半ば、基礎工事がようやく終わったと思ったら、今度は躯体《くたい》工事が始まった。地響きみたいな音も勘弁してよと思ったけど、こっちのほうが余計に神経に障る。よっぽど仕あがりを急いでいるのか、土曜日というのに、近所迷惑かえりみず、だ。

うるさい、うるさい、うるさい。お腹にそっと手を当てた。いつもより、ここに響いてくる。いや、そんなの気のせいだ。体がぴくっと反応した。椅子の背にかけてあるエコバッグの中で突然鳴り出した着信音のせいだ。誰よ、いきなり。

〈母〉

スマホの画面に表示を見てげんなりした。めったに連絡なんてしてこないくせに、なんでこんなときに。

「はい」

無視すればいいものを、反射的に「通話」をタップしてしまう。

「なんだ、家にいたの？」

甲高い声が耳もとで響く。これ固定電話じゃなくてスマホなんだけど、なんで家にいるって決めつけんのよ。

「なんか用？」

「なんかってことはないでしょ。正平さんはいるの？」

いるもいないも……。

それがね、ママ、ひどいの。あの人、今、浮気してるの。きょうもデートなんだから。相手は誰だと思う？　信じられる？　杉ちゃんなのよ、大学のときのあたしの友達。ほら、結婚式にも来てたでしょ。ちょっと下膨れの、あの腹黒そうな人妻——なんて、仲良し母娘だったら、胸につかえているもやもやを一気にぶちまけたりするんだろうか。

あたしは違う。意地でもそんな話はしない。もちろん、今、体の中で起きているかもしれない変化についても。向こうから見えてるわけじゃないのに、急いで妊娠検査薬の箱を取り、エコバッグの中にしまった。

「高校のときの友達に会いに行ってるけど」

「帰りは遅いって？」

「でしょうね。ご飯食べてくるみたいだし」

「よかった。あの人、どうもムシが好かないのよね」

母は心から嬉しそうに言った。正平の前だと「いい母親」の仮面をかぶらなきゃいけないから、疲れるんだろう。

「だったら、そっち行くから。今、新宿。教え子の結婚式の帰りで、あと一、二分で西武《せいぶ》線に乗るとこ。四時半に駅に迎えにきなさい」

ちょっと待ってよ、そんな急に……言い返す間もなく、電話は一方的に切られた。いつもこうだ。こっちの都合や気分なんてハナっから聞く気がない。決定事項みたいに自分の用件だけ喋っておしまい。こんなんでよく何十年も教師が務まってきたもんだ。

母は私立の中高一貫の女子校で社会科を教えている。教え子や顧問をしていたソフトボール部のOGたちから妙に慕われている。きょうも誰かの結婚式に行っていたみたいだ。卒業後も、あの人でなしを「恩師」として慕う人間がいるなんて、信じられない。

「あたしは毎日たくさんの生徒と顔をつきあわせてんの。それだけでクタクタなの。家に帰ってまで子供の世話を焼かせる気？　ほんと思いやりがないんだから」

それが母の口癖だった。ひとたび学校の外に出れば、生活不適合者。食事はレトルトか冷凍食品の二択。部屋は散らかしっぱなし。年がら年中、よれよれのジャージを着ていた。母の底意地の悪さ、だらしなさに嫌気がさした父は、あたしが五つのときに家を出て他の女と暮らし始めた。

女手ひとつであたしを育ててきた母を「がんばってるね」「偉いわ」とまわりの人間は褒めそやす。でも、誰よりも母を褒めるのは母自身だ。

「女がひとり働きながら、子供を大学まで行かせるってどんだけ大変かわかる？　自分でもほんとよくがんばってきたなと思うよ」

母らしいことをしてもらった記憶なんてひとつもない。

でも、母はそうやって自分を褒め続けることであたしを縛ってきた。

「誰のおかげでここまでやってこれたと思ってんの？　毎日必死で働いて貯めた金払って私立の大学まで出してあげたんだから。少しは恩返しろっていうの」

母に言われた通り、公務員になったけれど、少しも褒めてくれなかった。給料の中から毎月五万を家に入れ、自分の貯金もしていった。三十になったとき、ひとり暮らしをしたいと言ったら、母はキレまくった。

「ふざけなさんな。ひとり暮らしする金があんなら、うちに入れなさいよ」

母は愛娘を手放したくなかったのではない。ある意味、正平と同じ。ハウスキーパーが必要だっただけ。ずっとがんばってきたのは母じゃない。あたしだ。

母にまかせておくと、汚部屋になり果ててしまうのが嫌で、小学校の高学年から、炊事、掃除、洗濯、すべて自分でやってきた。

今思えば、子供の頃、あんなに体が弱かったのはロクなものを食べさせてもらえなかったから。だけど、母はあたしが風邪を引き、高熱を出すたびに舌打ちした。

「ああ、もう世話が焼ける。あたしに風邪が移ったらどうしてくれんの。あたしは教師なの、そう簡単に学校を休めないの。どうして、それがわかんないの？　だいたい風邪引くなんて、根性が緩んでる証拠だろうが」

看病もロクにしてもらえなかった。テレビの横に飾ってある写真立てに目がいく。ウェディングドレスのあたしの隣で白いタキシードに身を固めた正平が微笑んでいる。人生最良の日とは、あの日のことだ。王子様と呼ぶには、少し年を食ってはいるけど、正平は間違いなく輝いて見えた。悲惨な母との暮らしから救ってくれる白馬に乗った王子さま。

式の最後に、あたしは母への手紙を朗読した。

「お母さんは、わたしが熱を出すたびに、つきっきりで看病をしてくれましたよね――『大丈夫よ、すぐ治るから』と体をさすってくれた、あのときの優しい手の感触はいまでも、忘れられません――」

感謝に見せかけた精一杯の意趣返し。さよなら、お母さん。あたしは新しい人生をスタートします。これでやっと、この人のもとを離れられると思ったら、嬉しくて泣けてきた。

母は、感極まって涙を浮かべていた。まるで本当に娘想いみたいに。いい加減にしろ。社会科教えてるくせに歴史を改竄すんな。

カンカン　カンカン

カンカン　カンカン
もうやめてったら。工事の音が全身に障る。
この金属質のやな感じ、なにかに似てると思ったら、母の声だ。いつでもどこでも、お構いなしにあたしの心を打ちのめす、あの尖った甲高い声。もう一生聞きたくない。

4

隣で納豆をかき混ぜていたお父さんがチッと舌を鳴らした。

「おい、なんだこれ？」

おかわりするときみたいにお茶碗を差し出した。横目で見ると、べちょべちょのご飯の中に茶色い粒が入っている。細くて小さな虫だ。お父さんはお茶碗をガチャンと机の上に置いた。

「あら、コクゾウムシだ」

お母さんは丸いアゴを突き出した。ちらっとお茶碗の中を見て、タクアンを口の中に入れた。

「大丈夫だって。それ毒じゃないから。別に食べたって、死にゃしないって。やーね、ネチネチ細かい男は」

つながったままのタクアンをボリボリと嚙みながら喋ってる。ダメだよ、お母さん、そんな意地悪そうな言い方してると、お父さんが……。

怖くてもう隣を見れない。

「ふざけんなっ」

ほら、きた。顔が真っ赤になっている。下を向いて、お味噌《みそ》汁の中の豆腐を探した。

「こんなもん食えるかってんだ」

お父さんが手を振り上げる。やめて！　お茶碗がものすごい音を立ててねずみ色の壁にぶつかった。ベチョっとしたご飯が壁にくっついてズズズッと落ちていく。この頃、お父さんはイライラしてお母さんとケンカばかりしている。怒鳴って、物をよく壁に投げつける。食器を壊すのはこれで三回目だ。前の二回はコップだった。どれも自分で作ったものなのに……。なんにも見なかったふりをして、お味噌汁のしょっぱい豆腐を食べた。

チッ。

お父さんはまた舌打ちをして立ちあがった。

「やってられっか、こんな家」

ドスドスと畳を踏んで居間の隣の台所へ行く。玄関のところにかけてあった濃い青のジャンパーを着ると、ぶつぶつ言いながら靴を履いた。ガチャンと玄関のドアが閉まった。お母さんは振り返らない。むすっとした顔でご飯を食べている。

「やだねー。ちょっとしたことで、ああやってすぐカッとなるんだから。ったく、危ないったらありゃしない」

足もとで割れているお茶碗のカケラをふたつ拾って机の上に置いた。後ろでひとつに結んでいる髪がぼそっとほどけて、ほっぺたにかかっている。よれよれの青いトレーナーの袖に飛んできたご飯つぶがくっついているけど、気づいてない。「いくら家だからってなんだ、そのカッコウは？」お父さんはいつもお母さんに文句を言っている。あたしも「もっときれいなカッコウをすればいいのに」と思う。

「ほら、なにやってんの？　箸がとまってる。さっさと食べなさい。お母さん、きょうは結婚式に行かなきゃいけないんだから」

お茶碗の中をじーっと見た。よかった。コクゾウムシは入っていない。お母さんが炊いたご飯は、いつもの通り、べちょべちょしていてまずいけれど。

「あーあ、お父さんのせいで、部屋がまた散らかった。美咲、片づけときなさい」

お母さんはタクアンをボリッとかじった。

ガガガガッ

畳の上で体がぴくんと動いた。なんだかちょっと部屋も揺れている感じだ。窓の外で地面を削っているみたいな音がしている。

ほっぺたのあたりがぬるっとすると思ったら絵本によだれがついている。シワシワになっているおさるのジョージの顔を手で拭いた。頭がぼんやりしている。横にぶるっと振った。そういえば、三日前から近くでお家を作る工事をしているんだった。昨日まではこんなに大きな音はしなかったから、びっくりした。
いつの間に寝ちゃったんだろう。
四角いちゃぶ台の上には赤ペンが転がっている。お母さんが学校で使う本やプリントがぐしゃっと置かれたまま。窓の近くでお母さんのジャージが脱ぎっぱなしになっている。
ガガガガッ
ガガガガッ
うるさいなぁ。寝転がったまま、窓の反対側を向いた。畳の上を茶色い虫が歩いている。コクゾウムシだ。そおっと手を伸ばす。親指で細くてちっちゃな体を押さえた。この虫のせいで、お父さんとお母さんはケンカした。死ね！　死んじまえ。コクゾウムシを畳にスリスリと強く押しつけてやった。
親指にまるまって茶色い粒になったコクゾウムシがくっついている。ちっちゃな粒をはじいた。
ガガガガッ
ガガガガッ
なんだろう。お尻のあたりがもそもそする。起きあがってスカートのうしろを触るとご飯つぶのかたまりがへばりついている。

ご飯のあと、お母さんに言われて、ぞうきんで拭いた。ちゃんとやったのに、まだお米が残ってたんだ。硬くなりかけているご飯粒をお尻からはがしてベランダから投げ捨てた。電線にスズメが三羽止まっている。いいな、みんな仲が良さそう。

サッシをぱしゃっと閉めた。さっきより、ちょっとだけうるさくなくなった。隣の部屋からごそごそ音が聞こえてくる。そおっと近づいて、フスマを開けた。

黄色いポロシャツを着たお父さんが押入れの前に座って手を動かしている。

「お父さん」

ああと答えただけで、お父さんは大きなカバンに、洋服ケースから引っ張りだした服や下着を詰め込んでいる。四角い背中をこっちに向けたままだ。

いつもは鉛筆やスケッチブックで散らかっているけど、窓側の机のまわりがすごくきれいになっている。

「どっかお出かけするの？」

お父さんの背中にくっついた。朝はアゴのまわりにポツポツと黒くて短いヒゲが生えていたけど、すべすべになっている。

「ちょっと……出張にな」

シュッチョウ？　なんで？　中学校でビジュツを教えているお父さんは今までシュッチョウなんて行ったことはない。それにきょうは日曜日だ……。

お父さんはパンパンになったカバンをしめると、部屋のすみっこの洋服ダンスの取っ手にかけてあった茶色い上着をはおった。

「昼ごはんはこれで菓子パンとコーヒー牛乳でも買いなさい。この前、ひとりで買い物行ったから、できる、だろ」

そう言ってズボンのポケットに手を突っ込んだ。じゃらじゃらと小銭の音がする。

「ほら」

顔の前に大きな手が伸びてきた。開いた手のひらには百円玉がふたつ。お父さんはぐるりと部屋を見回した。黙って頷いて玄関のほうへ歩いて行く。待って。うしろをついていく。

お母さんは帰ってきてないのに、もう出かけちゃうの？　お父さんの服はいつも学校に行くときとは違う。シュッチョウなんてウソだ。

お母さんのおっかない顔が浮かんできた。ちゃんとどこに行くか聞かなきゃ、あとでお母さんに怒られる。ゼッタイにものすごく怒鳴られる。お父さんの上着のうしろを引っ張った。

「どこ行くの？」

お父さんはちょっと振り返っただけで、なんにも言わない。靴箱から革靴を出している。

「ねぇ、待って。シュッチョウって、どこ行くの？　いつ帰ってくるの？」

「なんだ、その目つきは？」

お父さんはゲジゲジした眉毛の間にシワを寄せている。

「おまえ、母さんにそっくりだな。そんな恨めしそうな目で見るな」

低くて怖い声だった。お母さんにそっくりってそんなにいけないことなの？　お父さんは垂れた目を細くして睨んでいる。

「ご、ごめんなさい」

怖くて、うしろにさがった。体がかちーんと硬くなった。お父さんの手が近づいてきた。やだ、つねられる！

……あれ、どうして？　大きな手はほっぺたを撫でてくれた。苦くてくさい。タバコのニオイがぷーんとしてきた。

「すぐ帰ってくるから。いい子にしてなさい」

ウソだ。胸のあたりがぞわぞわしてきた。お父さんはもうお家に帰ってこないんじゃないか。

「ほんとにすぐ帰ってくる？」

お父さんは返事をしない。優しいような、悲しいような顔をして笑った。

「ああ、だから元気でな」

玄関のドアがガチャンと閉まった。

鉄扉がズドーンという鈍い音を立てて閉まった。なに？　体がピクつき、咄嗟に起きあがった。

「入るわよ」

尖った甲高い声が響く。ドスドスと無遠慮な足音が近づいてくる。部屋のドアが乱暴に開く。ラメがちりばめられたグレーのジャケットを羽織った母と目があった。

「なによ、いきなり驚くじゃない」

四時半に駅に迎えに来いと言ったのは母だ。待ち合わせの時間までまだ二十分以上ある。

「ホームに着いたらすぐ電車が来たから乗っただけでしょうが。あんた、ほんといい加減ね。二十分で着くとか言って、特急だと十分もかからないじゃないのよ」

仁王立ちになった母は分厚い唇を曲げた。

「早く着いたら着いたで、電話くらいくれてもいいでしょ」

「電話かけるのメンドーだったから来たんでしょうが。だいたい『なによ』ってあんた。それが久しぶりに会った親に向かって言う言葉？」

瞼が垂れさがったブルドッグのような目がこっちを睨む。

「ったく、不用心なんだから。ドアの鍵くらいちゃんとかけとけって」

なんなの、この態度は。

「勝手に入ってきたのはそっちでしょ。オートロックなのよ、ここ。どうやって忍び込んだのよ」

まさか、あたしが知らない間に、合鍵を作ったりして……。いや、この人なら、ありえる。

日記や手紙、ケイタイメール……。昔から、なにかといえば干渉してきた。

「母親だもの、当然だろ」

文句を言っても返ってくるのは、いつもその言葉。面倒なんてロクに見もしなかったくせに、都合のいいときだけ母親ぶる。

「忍び込んだなんて人聞きの悪い。ちゃんと暗証番号を押したよ」

「なんで番号を知ってんのよ。あたし、教えた覚えなんてないけど」

「あんたが教えなくても、正平さんがちゃんと教えてくれたんだって」

母はソファの前までくると、「どいてよ」と言って腰をおろした。プスーっと古びたクッションが沈む。母に押し出されるようにして、ラグの上に横座りになった。

「花もなけりゃ、壁かけもない。相変わらず殺風景な部屋ね」

隣に引出物が入った紙袋を置き、ラメ入りのジャケットを脱ぎ捨てると、そのまま葬式みたいな黒いワンピース姿になった。

あー、疲れたと手足を伸ばす。ここに来るのはまだ二度目なのに、この人はすぐにリラックスする。すればするほど、その図太さにあたしの気持ちは強張ってくる。どうしてこうもだらしないのか。母の横でへたっているラメ入りジャケットを取って軽く畳んだ。

「モノが散らかってるより、殺風景なほうがマシだって。それより話逸らさないでよ。いつ正平が教えたっていうのよ?」

母は不愉快そうに眉を寄せた。

「やめなさいよ、そういう目。辛気くさいったらありゃしない。いつだっていいだろ。そんなの。番号、知らなきゃ、なんかあったとき困るでしょうが。母親だもん、当然だろ」

ウソばっか。正平がこの詮索好きの母に暗証番号を教えるとは思えない。

テレビの脇に置いてある小さな書類ケースに目がいく。ここに入居した頃、この一段目に、暗証番号を書いた紙が入っていた。母のことだ、きっとこの前来たときに、引き出しを勝手に開けて見たのだろう。おそらく一緒にあった預金通帳も。

ひとつ息を吐いて、ダイニングチェアのほうに移った。

カンカン
カンカン
「ひどい音ねぇ。休みの日なのになんで工事やってんの?」

「さっきからずっとこんな感じ。もうすぐ静かになるって」

ダイニングチェアの背にかけてあったエコバッグをそっと自分のほうに引き寄せた。目を離したスキに母が中身をのぞきかねない。妊娠検査薬が入っていることが知れたりしたら、たまったもんじゃない。

「あんた、よくこんな音に耐えられるわね」

耐えられてなんかいない。さっきからこの音がお腹に響いてくる。母の甲高い声も……。

「それよりアシ」

「はっ？」

　母は片足をあげて指さした。

「アシって言ったら足でしょうが。床、冷たいんだけど。最近やたらと冷えるのよ。ほんと気が利かないんだから。母親がせっかく顔を見に来たんだから、スリッパくらい出せっていうの」

「わかったわよ」

　ラグの上に足置いてりゃ、冷たくないだろうに。いちいち図々しいんだよ。怒りが頂点に達していても、体が反射的に母の言うことを聞いてしまう。

　エコバッグを持って部屋を出た。知らぬ間に母みたいにドスドスと床を踏み鳴らしている。短い廊下の先のドアを開け、寝室にエコバッグを放り投げて、靴箱の中を開けた。いちばん下の段の隅っこにグレーのスリッパが二組、肩身が狭そうに身を寄せている。ひと組取り出した。畳半畳にも満たない玄関の真ん中には、艶を失った母のパンプスが脱ぎ捨てられている。

　ハの字の逆。

　昔から、今から歩き出すみたいに靴を脱ぐ。片方のパンプスの先は履き古したあたしのスニーカーに寄り添っている。パンプスを自分のスニーカーから引き離し、玄関の隅っこに置いた。饐《す》えたような臭いが鼻をつく。

　ああ、やだ、またこの臭い……。

玄関に黒くて先の尖った靴が脱ぎっぱなしになっている。仕方ないなぁ。ガニ股のお母さんが脱いだあとは、いつも同じ。ハの字がさかさまになったみたいになっている。

玄関マットに座って、靴を揃えた。

クサい。でも我慢して、お父さんに教えてもらった通りに、真っ直ぐにして、つま先を玄関ドアのほうに向ける。よし、きれいにできた。立ちあがろうとしたら、うしろからお母さんの声がした。

「美咲っ」

怒っているときのキンキン声だ。さっき結婚式から帰ってきたときは、「ケーキがあるよ」ってキゲンがよかったのに。

「来なさい」

あたし、なんかしたっけ？　足音を立てないようにして居間をのぞいた。お母さんはいない。

隣の部屋のフスマが開いている。さっきまできれいだった部屋が、泥棒が入ったみたいになっている。押入れの洋服ケースもタンスも開けっ放し。

お母さんは、お父さんの机の引き出しの中をかき混ぜるみたいにしてなにかを探している。全然こっちを見ない。せっかく髪をきれいにセットして出かけていったのに、もうぐちゃぐちゃになっている。

「ちょっと、お父さん、どこ行ったのよ？」

タヌキみたいな目がぎろりとこっちを見た。

「え、えっと……」

お母さんにニラまれると、喉が詰まったみたいになって、うまく喋れない。

「えっとじゃないでしょ。いつ、どこへ行った？　あんた家にいたんでしょ」

逃げたい。でも、ここで逃げたらもっと怒られる。

「さっき。……一時間くらい前」

「だから、どこへ行ったって聞いてるでしょうが。ちゃんと人の質問に答えろっていうの！」

「シュ、シュッチョウに行くって」

お母さんが肩をギュッとツカんだ。

「は？　出張ってなによ？」

体を強く揺さぶられた。痛い、痛いよ。放して。

「バカじゃないの、あんたは？　学校でビジュツ、教えてるお父さんが、日曜の昼間からいったいどこに出張に行くっていうのよ」

「知らない……。聞いたけど、教えてくれませんでした」

「だったら、どうしてちゃんと聞かない？　見てみ、この部屋、こんなに荷物がなくなってんのよ。なのに出かけるの、ボケッと指くわえて見てたわけ？」

「に、二度、聞きました。聞いたら、す、すぐ帰ってくるって言ったから……」

肩をツカんでいた手が離れた。お母さんの顔がぐっと近づいた。

「あの人の言葉、そのまま信じたっていうの？　このバカが」

痛い、やめて。ドンっと心臓の上を押されて、尻もちをついた。

「お父さんは家を出ていったんでしょうが。どうしてそんなことがわかんないの。この役立たず！　もうすぐ小学生だっていうのに、留守番もできないの。あんたみたいにマヌケな子、いらないっ」

胸の真ん中のあたりがきゅーっと痛くなった。

「ご、ごめんなさい」

あんたみたいにマヌケな子、いらないっ。

あんたみたいにマヌケな子、いらないっ。

お母さんのキンキン声が頭の中をぐるぐる回っている。あたし捨てられるの？　嫌だ、そんなの。畳に頭をつけて謝った。

「お母さん、ごめんなさい。本当にごめんなさい」

「謝ったって遅いわよ」

お母さんは机の下にあった薄い紙をぐしゃっと拾って丸めると、こっちへ投げつけてきた。紙《かみ》屑《くず》は膝小僧に当たって、畳に落ちた。紙のはしっこに「正志《まさし》」という字が見えた。四角いお父さんの字。「島田《しまだ》」と判子も押してある。

「あんたなんて顔も見たくない。この大バカ者。さっさと出ていけ！」

お母さんはお父さんの机の上の鉛筆をツカんだ。

やめて！　逃げなきゃ。鉛筆があたしめがけて飛んでくる。

ぱしゃっとフスマが閉まった。

向こうから、お母さんの泣き声が聞こえてくる。キーキー、キーキー、怖い。足の先に落ちている鉛筆を拾って、居間の隅っこにあった保育園のバッグの中に入れた。

5

ようやく工事の音がおさまってきた。

母は引出物のカタログギフトをぱらぱらめくっている。

「なんにも欲しいものないわねぇ」

スリッパを足もとに置いてやると、礼も言わずに幅広の足を突っ込んだ。

「それより、どうだった？　お式」

母はふぅーと息をつき、長くはない脚を組んだ。その拍子にスリッパの片方がぽとりとラグの上に落ちた。

「別にフツー。新婦はソフト部でキャプテンやってた子。同窓会の幹事とかも手をあげてやるしっかり者だけど、男まさりで、なかなか相手が見つからなくって。三十八の花嫁。卒業して二十年にもなるんだから、わざわざ昔の恩師まで呼ばなくてもいいのに」

母は肩をすくめて見せる。自分で自分のことを「恩師」とか言うか、フツー？

「恩師に一生に一度の晴れ舞台を見てもらいたいって気持ちわかんなくもないけどね、こっちはそういう生徒がたくさんいるわけだから。ご祝儀代がかさんで、たまったもんじゃないわ」

そう言って、こっちを見る。「それはお母さんに人望があるからよ」と言ってほしいの？　娘のことなんて、一度も褒めたことがないのに自分は認めてほしくてしょうがない。単純で身勝手な母の気持ちが手にとるようにわかる。あたしは絶対に誘導にはのらない。

腰をあげ、キッチンに回った。どうせ母はふんぞりかえり、野太い声でこう言うのだ。「お茶」。あの、人を人とも思っていないような、傲慢な顔を見て不愉快になるくらいなら、言われる前に淹れたほうがマシ。さっさと飲んで帰ってほしい。

自分のマグカップに紅茶のティーバッグを垂らし、魔法瓶のお湯をたっぷり注ぎ込む。母には二煎目でじゅうぶんだ。ティーバッグを別のマグカップに移し入れる。申し訳程度に色がついた。これでよし。母の前にマグカップを置いて、床に腰をおろした。

「でもねぇ、三十八で結婚じゃ……。赤ちゃんはなかなか難しいかもね」

胸のあたりがぞわっとする。珍しく電話をかけてきたかと思えば、目的はそれ？　じかにプレッシャーかけにきたわけ？

「あんただって、もうすぐ三十七なんだから、ボヤボヤしてらんないわよ。あたしも早く孫の顔が見たいわ」

分厚い唇が好き勝手に動いている。孫の顔を見たい？　冗談じゃない。

「そんなこと言われても……。だいたい子供そんなに好きじゃないでしょ」

ネグレクトぎりぎりだったくせに、フツーの親並みにおばあちゃんにはなりたがるのか。

「そりゃ、女手ひとつで、あんたを育てている最中はこっちも、いっぱいいっぱいだったからね。たまにうんざりすることもあったけどさ。孫となると話は別」

また歴史の改竄が始まった。なにが「たまに」だ。「あんたみたいな子いらない」。四六時中、金切り声で怒鳴り散らしてたくせに。

「子供を必死で育てあげ、嫁に出してみたら、今度はその子が産んだ赤ちゃんの顔が見たくなるもんよ」

「まだ結婚して一年も経ってないのよ」

「なに悠長なこと、言ってんの？　まだじゃなくって、もう一年でしょ。うかうかしてたら、卵子が老化しちゃうわよ」

そう言って母は紅茶をすすった。

母に気づかれないようにお腹のあたりをそっと撫でた。ねぇ、誰かそこにいるの？　ごめんね。もしいても、あたしはあなたを産めない。産みたくない。ねぇ、聞こえるでしょ？　耳障りで甲高い声。このガサツで身勝手でデリカシーのない女の血があなたにも流れていると思うと、どうしても産めない。あなたを産んで、この人を喜ばせるのはもっと嫌。

「あたしだって、六十三歳よ。女の平均寿命が八十五歳って言ったって、いつなんどきどうなるか、わかんないんだから」

「八十五歳じゃないって。八十七・五歳だったわよ」

「どっちでもいいだろ、そんなの。いちいち細かいんだから」

母は眉間にシワを寄せた。見慣れた表情が、いつにも増して険しく見える。しばらく見ないうちにシワが深くなったみたいだ。

「平均寿命なんて当てになんないんだから。死ぬ人は死ぬ。昨日だって、いきなり大学時代の友達が脳溢血《のういっけつ》で死んじゃったんだから。先月に続いてこれで二人目よ。これから家に帰ってひと息ついたら、この上に黒いジャケット羽織って、お通夜に行かなきゃなんないんだから。なんでご祝儀と香典、同じ日に出さなきゃいけないんだろ」

母は、「あーあ」と言って、コキッと首の骨を鳴らした。

「これからは冠婚葬祭の婚より葬が増えてく。そう思うと、なんだかやりきれなくってさ。仮に長生きしたとしてもよ、いつボケるかわかったもんじゃない。だから、いざというときのために始めたわけ」

「始めたってなにを？」

「シュー活」

「今の学校やめて再就職するつもり？」

「相変わらずバカね、あんたは。あたしがいくつだと思ってんの？　そっちじゃなくて終わるほうの終活に決まってんでしょうが。あんたが嫁に行ったし、非常勤になってから時間もできたから。少しずつ家の片づけしてんの」

「お母さんが？」

この人に整理整頓なんてできるはずがない。

「なによ、その疑わしそうな目は。片づけぐらい、あたしだってできるわよ。今までは時間がなかっただけ。まだ途中だけど、ゴミ袋にしたら二十、いや二十五袋くらい捨ててね。だいぶすっきりしたわ。押入れの中なんてきれいなもんよ。そうそう、渡すの忘れてた。ほら……」

母はバッグの中から帯がよれよれになった新書を取り出し、コーヒーテーブルに置いた。『消えてください！　お母さん』。帯に毒々しいピンクのスーツに身を包んだおかっぱの女が写っている。なんなの、この暑苦しいおばさんは？

「その上条眞理子って、昔の教え子でさ。そこそこ有名な精神科医なんだって。けっこう売れてるみたいよ。あんた、ミーハーだからベストセラーとか好きでしょ、これ、あげる。どうせあたしのことだって、さっさと消えろって思ってんだろうし」

「いらないよ、こんなの」

目の端に「今すぐ、いい娘を演じるのをやめなさい！」という帯のコピーが入った。

「あげるって言ってんだから、素直に貰えっていうの」

ページをめくると、「恵存　瀬川美佐子《せがわみさこ》先生」とでかでかと書かれている。「今の私があるのは先生にいただいたひと言のおかげです。上条眞理子」。ヘビみたいにくねくねした字だ。

「サインまで書いてあるじゃない。せっかく送ってくれたんだから、持っとけば？」

「そのサインが問題なんだって。しかも、ご丁寧にこっちの名前まで書いてるからねぇ。ほんとはブックオフで売りたかったんだけど」

いくら終活だからって、教え子の献本まで処分しようとするか？　この情のなさ。母親だけでなく教師としても失格だ。

「この人、ソフト部だったの？」

「いいや、たしか中二か中三のとき、一度、受け持ったことがあった。もう三十年近く前だからねぇ」

「先生にいただいたひと言って、なんて言ったのよ」

母のことだ。また熱血教師を気取って、エラそうな人生訓をたれたのだろう。

「それが覚えてないのよ。思わせぶりに『ひと言』なんて言われてもねぇ。この子、ほとんど印象になくって。今と同じおかっぱ頭で銀縁の眼鏡をかけてたってのは、うっすら思い出せるんだけど。あと、お母さんがやたらと若かったかね。ま、精神科医になるくらいだから、成績はよかったんだろうけど」

「覚えてないって……ひどい」

「ひどかないわよ、別に。うちの学校、一学年三百人もいるのよ。こっちは何十年も教師やってんだから、なにからなにまで覚えていたら頭がパンクするって。でも、皮肉なもんね、何気なく言ったひと言を、いつまでも大切に心に留めている子もいれば、よかれと思っていろいろ教えても、なにひとつ聞き入れないバカちんもいるんだから」

そう言って紅茶をすする母を横目で睨んだ。

バカちんはどっちだよ。いつどこでなにを教えてくれたっていうの？　忙しい、忙しいってあたしのこと、いつも放ったらかしだったくせに、ほんと出まかせばっか。

「ま、本はオマケみたいなもんだけどね。それより、本当にあげたかったのはこっち」

母はバッグから今度は茶封筒を取り出した。一回握り潰したのかっていうくらいシワくちゃになっている中からくすんだ桐《きり》箱を取り出して新書の脇にコトッと置いた。

「それ……」

「あんたの臍《へそ》の緒。押入れの上の天袋の中を見てたら、奥のほうから出てきてさ」

「壽《ことぶき》」と書かれた箱を手にとった。なんでこのタイミング？　母親の直感？

まさか。目の前にいるのは母性のカケラもない女だ。これはただの偶然。

「開けてみなさいよ」

「いいよ」

「開けなさいったら」

仕方なくふたをあける。茶色でカラカラに干からびきった臍の緒が入っていた。切っても切れない結びつき。逃れようのない母娘の証。こんなもの見せられたって……。すぐにふたを閉めた。

「あたしが死んだら、それお棺の中に入れてよね」

「は？」

「だから、言ってんでしょ。あたしは終活を始めたんだって。あんたのことだから、あたしが死んだら、家の中のものもロクに見ずに全部処分するに決まってる。でも、そんなことさせないから。いい？　たしかに渡したからね。これをちゃんとお棺に入れなきゃ、化けて出てやるから」

いったいなんだというんだろう。突然やってきたかと思ったら、臍の緒を押しつけて、遺言めいたこと言って。いつもこうだった。自分の感情の赴くまま。あたしは振り回されるだけ。嫌悪と怒りがないまぜになって込みあげてくる。コーヒーテーブルの上に置いた箱を母のほうに押し返した。

「こんなもの、貰ったって……」

「またそんな迷惑そうな顔して。別にあんたにあげたわけじゃないわ。あたしが死ぬまで預かってって言ってんの。近頃、なーんか弱気になってんだから。とにかく一日も早く、孫の顔を見せること！」

念押しのようにプレッシャーをかけると、母はカップに残った紅茶をズズッとすすった。

6

窓の外からピアノの音が聞こえてきた。「アマリリス」の歌だ。ななめ向かいの家に住んでいるマイちゃんが弾いている。この前まではよく途中でつっかえていたけど、きょうはとても上手だ。

みんなで　聞こう
楽しいオルゴールを
ラリラリラリラ

ピアノにあわせて、心の中で歌ってみる。

「ほら、また手が止まってる！」

うしろからお母さんのキンキン声がした。

「なにボーッとしてんの。あんたはどうしてひとつのことに集中できないのよ。そんなんだから、保育園の先生に『落ち着きがない』とか言われんのよ。そんなんじゃ小学生になっても、学級委員になれないから」

「ごめんなさい」

押入れの洋服ケースの奥にあった服を三枚引っ張り出した。青のセーターと黒とねずみ色のトレーナーがくしゃくしゃになっている。きれいに畳もうとしたら、横からお母さんの手が伸びてきた。

「そんなこといちいちしてたら、いつまでたっても終わんないでしょうが」

お母さんは青いセーターを見ると顔をしかめて、ゴミ袋の中に突っ込んだ。セーター、ズボン、靴下、パンツ……。お父さんが置いていったものをどんどん捨てていく。新しいお家に引っ越すから、こんなもの、もういらないんだって。お母さんは二枚のトレーナーをぐるっと丸めて、段ボールに放り込んだ。

「さ、これでいっぱいになった」

バシッとふたを閉め、そばにあったガムテームをビーッと上から張った。

マイちゃんは「アマリリス」を弾いている。

お母さんは、このお家には嫌な思い出しかないからもういたくないって言うけど、あたしはここが好き。明日からは、もうマイちゃんのピアノが聞けないし、保育園もかわらなきゃいけない。でも、仕方がないんだ……。手を動かさないと、また怒られるから、洋服ケースの中に残っていたセーターを引っ張り出して、横に置いた。よし、これでカラになった。

隣のケースの引き出しのいちばん上を開けた。古いプリントの束やバインダーや手帳がいっぱい入っている。手に持てるだけ取って、横に置いた。あれ、なにこれ？　引き出しの奥に小さな木の箱がある。中国語みたいな金色の字が書いてある。なんて読むんだろう、これ。勝手にふたを開けたら、またお母さんに怒られるのかな。

「美咲！　なにしてんの？　さっさと片づけろって言ってんでしょうが」

スーパーから貰ってきた段ボールを組み立てていたお母さんがこっちを睨んだ。

「はい。……あ、あのお母さん、これ」

小さな箱を取って渡した。

「あらま」

お母さんの眉毛の間のシワが魔法みたいにすっと消えた。

「どこに行ったかと思ってたら、こんなとこに入ってたんだ」

いつもと違う優しい声だ。

「なにが入ってるの、それ？」

「あんたの臍の緒よ」

お母さんは、お父さんが使っていた机の上に箱を置いた。

「へその……お？」

「あんたのしっぽのこと」

「あたし、しっぽがあったの？」

お母さんはくすっと笑った。

「バカね、冗談だって」

お母さんが笑ってくれるとあたしも嬉しい。

お母さんは箱のふたをあけて、こっちに向けた。そおっと箱の中をのぞく。白い綿の中にちっちゃな赤茶色の塊が入っている。

なにこれ？　ガムの食べカスみたい。

「美咲はね、うんと小さな赤ちゃんだったとき、お母さんと『臍の緒』っていう長いひもでつながっていたの。この茶色い塊は、そのはしっこなんだよ」

そう言って、お母さんはトレーナーの上から自分のお腹を撫でた。

「この中でお母さんと美咲がつながっていましたよっていう大切な思い出……」

急にお母さんのほうに引っ張られた。

どうしたの？

倒れそうになったけど、太い腕があたしの体にギュッと巻きついた。お父さんはよくこうしてくれたけど、お母さんがギュッとしてくれたことなんてない。

なんで？　急にドキドキしてきた。

「美咲、お母さんのこと好き？」

お母さんはすごく怖い。でも、嫌いじゃない。うんと首をタテにふった。
「お父さんはね、もう二度と帰ってこないの。だから……これからはふたり。一緒にがんばっていこうね」
またギューッとした。お母さんの体は柔らかくてあったかい。でも、ちょっと痛い。
「お母さん……」
そんなにギューッとしないで。そう言おうと思ったら、お母さんは、急に体を離した。
「ほら、ぼーっとしてないで、早く押入れの荷物を出しなさい」
そう言ってポンと肩を押した。
人には命令するのにお母さんの手は少しも動いていない。
窓の外からマイちゃんのピアノの音が聞こえてくる。
フランスみやげ
やさしいその音色よ
ラリラリラリラ
しらべはアマリリス
お母さんは木の箱に入った「へそのお」をじーっと見ている。

7

母性という足かせ

いきなり私事で恐縮ですが、わたしには三人の母がいます。まずひとりめはわたしを産んだ母。でも、彼女はわたしが二歳十ヶ月のときにかつて学生運動の仲間だった男と家を出ました。その母に代わって、小学校四年生までわたしの面倒を見てくれたふたりめの母は祖母でした。母に捨てられた幼子を不憫《ふびん》に思ってか、祖母はわたしを溺愛しました。ただし、子守歌よろしく、いかに母が人でなしであったかのエピソードを聞かせながら。

そして、三人目の母が父の再婚相手である今の母です。彼女は大学教授だった父の教え子。なさぬ仲のわたしに、ツライ思いをさせまいと必死でよき母であろうと努力してくれました。でも、如何《いかん》せん若すぎたんですね。十六歳しか違わない不愛想な女の子（↓わたしです）との距離感をうまく摑めず、母はいつもわたしに気を遣い、いつも疲れていました。

わたしはわたしで、母と一緒にいると息苦しかった。結局、心の距離は縮まらないまま。母は苛立ち、いつしかそれがわたしへの攻撃に転じ、ひいては暴力へとつながっていきました。わたしは、そんな母から離れたくて仕方なかった。だから、受験シーズンを迎えたとき、迷わず実家から離れた東北の大学に進むことにしました。

「さみしさ、悔しさ、悲しさが先にあり、それが相手に理解してもらえないときに怒りとなる」と言ったのは、心理学者のアルフレッド・アドラーですが、少女時代のわたしは、理想の母がいないという現実の中で、いつも「怒り」を抱えていました。今こうして、母娘の問題に取り組んでいるのも、三人の母によってもたらされた怒りが原動力になっているのかもしれません。

前置きはこのへんにして、そろそろ本題に入りましょう。品川にあるわたしの診療室には、母親との関係に苛立ち、悲しみ、疲れた娘たちがひっきりなしにやってきます。母娘問題は当事者にしかわかりません。百人いれば百通りの苦しみがある。ただ、その根底には、ある共通点が見られます。みなさん、「母性とは善である」という幻想にとらわれているのです。

「子どもを産み育て、絶対的な愛で包み込む母性。これに勝るものはない」と知らず知らずのうちに刷り込まれている娘たちは、その物差しで自分の母親を見ます。

ところが、現実の母親たちはどうでしょう。情緒不安定だったり冷淡だったり。あるいは過剰に束縛したり暴力をふるったりで、善とはほど遠い存在だったりする。かつてわたしがそうであったように、娘たちも、あるべき母性とのギャップに違和感や嫌悪感を覚えて苦しみます。

でも、そこで苦しむ必要なんてないんです。なぜなら、あるべき母性など最初から存在しないのだから。ここ、大事なところなので、もう一度言いますね。母性神話は近代社会の産物にすぎません。母性とは最初から女性に備わっているものではありません。育児の過程で試行錯誤を重ねながら、母親自らが育んでいくものなのです。

もちろん、中には自らの母性を健やかに育てていける人もいます。でも、それはごく少数。多くの母親たちが、自分の未熟さ、無力さに苛立ちを覚えながら、日々母親修行をしているのです。わたしの診療室では「母親から否定されて育ってきた」という訴えをよく聞きます。これは精神分析でいうところの「投影」です。母親は、自分自身の無力さを痛感していて、コンプレックスともいえるその影の部分を言葉にして娘にぶつけることで無意識のうちに自分も罰しているのです。

このように、母親も闘っているのだから、多少の理不尽な仕打ちは許してあげましょう……などと言うつもりはさらさらありません。わたしが伝えたいのは、母もまた未完成な人間であること。それを知ったうえで、あなたの中に巣食う「あるべき母親像」を消去してみましょう。どうです？　これまでより少しだけ楽になりませんか。


そこまで読んで新書を閉じた。母はなんでこの本をわざわざ持ってきたのだろう。わからない。あたしもあたしだ。なんでページをめくってしまったんだろう。今、このタイミングで母性の話はきつい、いろんな意味で。痛いところに沁みすぎる……。

ダイニングテーブルの上には箱がふたつ。妊娠検査薬と母が置いていった臍の緒。

〈自分で簡単　たった一分で判定　九九％の正確さ〉

派手なピンクの文字が躍る箱を自分のほうへ引き寄せた。中からスティックを取り出す。検査をしてからもう一時間近く経っている。何度見たって同じだ。小さな判定窓の中は白いまま。結果は陰性。身ごもっていたら滲み出てくるはずの水色の線はいくら待っても現れない。これでよかったのだ。子供なんて産みたくなかった。あたしもいつか母みたいになったら……そう思うと怖くてしょうがなかった。正平との関係が不安定なこの時期に産んだって、子はカスガイなんかにならない。あたし自身がそうだったように。だから、できてなくて正解。

さっきから何度もそう言い聞かせている。でも、どうしてだろう。空っぽだった腹の底から言い知れぬ寂しさが込みあげてくる。

この二週間、ずっと気分が悪かった。食べ物の好みまで変わった。何度も否定しながらも、絶対に「妊娠している」ような気がしていた。子供なんて大嫌いなはずだ。ちゃんと育てていく自信もない。だけど、どこかで小さな命がこのまま順調に育ってほしいと願っていた。

スティックの判定窓をもう一度のぞき込んだ。どこまでも無反応。この結果はあたしにとってシロなのか、クロなのか。……わからない。

臍の緒が入った箱を引き寄せて、裏返した。名前や生年月日、身長、体重、血液型を書いた紙の上に小さな紙が貼ってある。

Jewel of a treasure

キツい性格、そのまんま。右あがりに尖った母のアルファベット。なにが「大切な宝物」だよ？　あたしのこと、これっぽっちも可愛がらなかったくせに。だいたいなんで英語なの？　なにスカしてんのよ？　抑えきれない塊が込みあげてきた。涙が出そうになるのは、結果が陰性だったからじゃない。箱の裏の母の汚い字を見たからでも、もちろんない。でも、なぜだか泣けてくる。

洟《はな》をすすって、箱を開けた。そういえば、ずっと昔に一度、これを見たような気がする。あれはいつのことだったか。今はよく思い出せない。カピカピの茶色い塊と化した臍の緒はよく見ると、ところどころ赤味を帯びている。なんだか漢方薬みたいだ。

箱から小さな臍の緒を取り出した。

わずか二センチの母と子の眠れる思い出。これを煎じて飲めば、あたしの中の母性も少しは育ってくれる？

【初出】
祥伝社WEBマガジン「コフレ」（２０１４年11月〜２０１６年６月）
ＪＡＳＲＡＣ　出１６１１５２８-６０１

切りとり線

あなたにお願い

この本をお読みになって、どんな感想をお持ちでしょうか。次ページの「１００字書評」を編集部までいただけたらありがたく存じます。個人名を識別できない形で処理したうえで、今後の企画の参考にさせていただくほか、作者に提供することがあります。

あなたの「１００字書評」は新聞・雑誌などを通じて紹介させていただくことがあります。採用の場合は、特製図書カードを差し上げます。

次ページの原稿用紙（コピーしたものでもかまいません）に書評をお書きのうえ、このページを切り取り、左記へお送りください。祥伝社ホームページからも、書き込めます。

〒一〇一―八七〇一　東京都千代田区神田神保町三―三
祥伝社　文芸出版部　文芸編集　編集長　日浦晶仁
電話〇三（三二六五）二〇八〇　http://www.shodensha.co.jp/bookreview/

◎本書の購買動機（新聞、雑誌名を記入するか、○をつけてください）

＿＿＿新聞・誌の広告を見て	＿＿＿新聞・誌の書評を見て	好きな作家だから	カバーに惹かれて	タイトルに惹かれて	知人のすすめで

◎最近、印象に残った作品や作家をお書きください

◎その他この本についてご意見がありましたらお書きください

１００字書評

お願い　離れて、少しだけ。

住所

なまえ

年齢

職業

越智月子（おちつきこ）
1965年福岡県生まれ。2006年『きょうの私は、どうかしている』で小説家デビュー。12年『モンスターU子の嘘』で注目を集める。著書に『BE-TWINS』『女優A』『花の命は短くて…』『帰ってきたエンジェルス』『咲ク・ララ・ファミリア』がある。

お願《ねが》い離《はな》れて、少《すこ》しだけ。

平成28年10月20日　　初版第1刷発行

著者———越智月子《おちつきこ》
発行者——辻 浩明
発行所——祥伝社《しょうでんしゃ》
〒101-8701　東京都千代田区神田神保町3-3
電話　03-3265-2081（販売）　03-3265-2080（編集）
03-3265-3622（業務）
印刷———萩原印刷
製本———関川製本

ISBN978-4-396-63510-7　C0093
祥伝社のホームページ・http://www.shodensha.co.jp/